P9-AQD-107

Dirección editorial: Ana Doblado
Textos: originales de Lorena Marín,
adaptaciones de Celia Ruiz / Equipo Susaeta
Ilustraciones: Pilar Campos
Diagramación: Mari Salinas / Equipo Susaeta
Diseño de cubierta: Más!Gráfica / Equipo Susaeta

© SUSAETA EDICIONES, S.A. - Obra colectiva
C/ Campezo, 13 - 28022 Madrid
Tel.: 913 009 100 - Fax: 913 009 118
www.susaeta.com

Cualquier forma de reproducción o transformación de esta obra sólo puede ser realizada con la
autorización del titular del copyright. Diríjase además a CEDRO (Centro Español de Derechos
Reprográficos, www.cedro.org) si necesita fotocopiar o escanear algún fragmento de esta obra.

Cuentos para niños

susaeta

Fábulas

El congreso
de los ratones

Esopo

Como todos los años, los ratones
celebraron su congreso mundial. A él
asistían ratones de todos los colores,

de todas las edades y de todos los tamaños. Los que se conocían de otros congresos, se alegraban de verse y se daban abrazos muy fuertes y besos muy ruidosos.

—¡Sayonara! —dijo una ratoncita japonesa a un ratón español, inclinando la cabeza.

—¡Hola, hola! —le devolvió el saludo el ratoncillo español. Y en lenguaje ratonil, que consiste en dar muchos chillidos y mover constantemente los bigotes, comenzaron a contarse su vida. Aún seguirían allí los dos ratones, de no haber oído que les llamaban por megafonía.

¡Empezaba la reunión!

Por favor, ocupen sus puestos, empieza la sesión.

Todos los ratones entraron en un inmenso salón circular. En el centro estaban los ratones conferenciantes que hablaron, con gran seriedad, de los problemas de la población ratonil.

Hablaron de la comida, de lo sano que es el queso para los dientes y para los huesos.

Hablaron de la limpieza, de lo bueno que es bañarse de los pies a la cabeza.

Hablaron de los más pequeños, de los jóvenes y de los viejos... Y hablaron y hablaron y hablaron...

Fue al final del congreso cuando un ratón mexicano planteó la cuestión más importante:

—Quiero que alguien conteste a esta pregunta: ¿qué podríamos hacer para librarnos del gato?

Se hizo un largo silencio y, como nadie contestaba, el presidente dijo:

—Hay que dar una respuesta a cuestión tan importante. Por este

motivo, aconsejo que se reúnan los ratones de diez en diez. Después de discutir, cada grupo dará una solución para librarnos del gato.

Se juntaron los ratones y, después de un largo rato, llegaron a una sola conclusión. El presidente del congreso la leyó en voz alta:

—La única solución es poner un cascabel al gato; al gato de nuestra casa, al de nuestro pueblo y al de nuestro barrio. Con el cascabel al cuello, sabremos cuándo se acerca el zamparratones y podremos escapar.

—¡Bravo, bravo! —gritaban unos, mientras aplaudían.

—¡Magnífica idea! —exclamaban otros.

Entonces, en medio de aquel griterío, levantó la pata el ratoncillo español. Cuando se hizo el silencio y no se oía ni el vuelo de una mosca, el ratón les preguntó:

13

–Yo sólo quiero saber
quién de todos ha de ser
el que se atreva a poner
ese cascabel al gato.

Todos se callaron y se pusieron a
pensar. Y deben de seguir pensando,
porque hasta hoy, que se sepa, ningún
ratón se ha atrevido a poner un
cascabel a un gato.

La lechera

Félix María de Samaniego

Érase una vez una lechera joven,
simpática y trabajadora. Aquella
mañana se levantó de madrugada. Era

15

día de mercado y tenía muchas cosas que hacer. Después de arreglar la casa, se fue a ordeñar sus cuatro ovejas.

—¡Qué alegría! —gritó la lechera al rato. Y no era para menos. Nunca antes sus ovejas le habían dado tanta leche.

Así que cogió el cántaro, se lo puso en la cabeza y se marchó al mercado.

Por el camino, se encontró con algunos vecinos.

—¡Hay que ver qué contenta estás hoy! —comentaban las mujeres.

—No hay ninguna moza que lleve el cántaro con más salero que tú —le decían los hombres.

Como la lechera no quería que le diesen tanta conversación, se fue por un camino solitario. Mientras andaba, empezó a soñar despierta y en voz alta:

—En cuanto llegue al mercado, venderé este cántaro de leche. Al ser tan cremosa y tan fresca, la venderé a buen precio. ¡Ya estoy viendo que no me van a caber en la mano las monedas!

Como no soy gastona, con el dinero recibido me compraré una

gallina ponedora. Me gustan más las negras que las blancas, sobre todo si tienen la cresta colorada.

Llevaré la gallina al gallinero y, antes de que llegue el frío, tendré más de cien pollos piando y correteando.

Con granos de maíz, centeno y trigo, rápidamente los pollitos se convertirán en pollos. Cuando estén bien grandes y gorditos los llevaré al mercado, ¡ya me imagino el lío que se va a armar! Todo el mundo querrá comprar un pollo de corral.

Y como soñar no cuesta dinero, la lechera continuó soñando:

—Con el dinero que saque de vender los pollos, me compraré un cochino rosadito, que ya no mame y sea un

poco grande. Contento y feliz, andará
por el corral el día entero.

Por la noche, dormirá en la pocilga
encima de una paja que esté limpia.
Desayunará sus buenas berzas
frescas. Le daré de comer
manzanas de la huerta. Y
para cenar, le pondré patatas
y los restos de comida que me
sobren. Los días que haga
sol, lo llevaré al monte para
que tome el aire

20

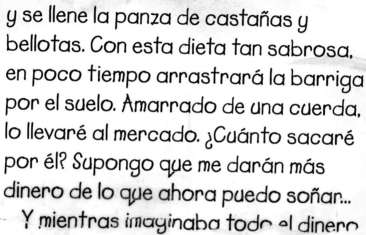

y se llene la panza de castañas y
bellotas. Con esta dieta tan sabrosa,
en poco tiempo arrastrará la barriga
por el suelo. Amarrado de una cuerda,
lo llevaré al mercado. ¿Cuánto sacaré
por él? Supongo que me darán más
dinero de lo que ahora puedo soñar…

   Y mientras imaginaba todo el dinero
que le podían dar, la lechera se paró un
rato. Hizo sus cuentas

con los dedos y, muy contenta, volvió a caminar y a hablar en voz alta:

—En cuanto venda el cerdo, me compraré un ternero. Correrá por las montañas, pastará en los prados. Cada noche dormirá en el establo y, en poco tiempo, se hará tan grande como sus padres. Cuando esté hecho un toro, lo llevaré al mercado y me darán por él tanto dinero, que seré la más rica de este pueblo.

Y soñando despierta, la joven lechera se veía en una inmensa granja con cerdos, vacas, pollos y ovejas. Y cerca de la granja estaba su gran casa. Aunque, puestos a soñar, la lechera se dijo:

–Mejor que una
casa, un palacio
hermoso y
confortable.
Y soñando,
soñando, se imaginó
vestida cual princesa.

23

¡Menuda envidia iba a dar a sus vecinas!, seguro que al verla se dirían:

—Fíjate, por ahí va la que hace bien poco era lechera. Ahora es granjera y viste y vive como una reina.

Era tanta su alegría, que dio un salto... y el cántaro cayó al suelo. Al ver el cántaro roto y la leche derramada, la lechera, entre lágrimas, exclamó:

—¡Adiós leche, adiós dinero, adiós gallina, pollos, cerdo y ternero! Como antes estaba, ahora me quedo.

La lechera volvió para su casa y por el camino iba diciendo:

No sigas mi ejemplo,
no seas ambicioso.
Disfruta de lo que tienes
y vivirás gozoso.

25

El león y los animales de la selva

Félix María de Samaniego

Un buen día, el rey de la selva reunió a todos los animales a su alrededor y les dijo:

—He decidido que, a partir de hoy, vamos a dejar de pelear y empezaremos a llevarnos bien...

La rana más vieja de la charca se alegró mucho y empezó a aplaudir y a gritar:

—¡Eso está bien, eso está muy bien!

—Pero si no me deja continuar —añadió el león dirigiéndose a la rana—, vamos por mal camino.

Dicho lo dicho, el león carraspeó.

Esperó a que todos se
callasen y continuó hablando:

–Después de mucho pensar, he
llegado a la conclusión de que nuestro
gran enemigo es el hombre. Así que os
propongo formar un ejército. Esto es
lo único que podemos hacer para
defendernos de sus trampas, de sus
escopetas y de sus rifles. ¿Estáis de
acuerdo?

Nadie dijo nada, pero todos
aplaudieron, que es como decir: «yo
también estoy de acuerdo».

Entonces, cada animal dio un paso
adelante para contar a los demás
qué era lo que mejor sabía hacer. El
primero de todos fue el elefante que,

tras presentarse, dijo:

—Como soy el animal más grande de la selva, puedo ser útil para transportar troncos y otras cosas pesadas.

—¡Cien vivas por el elefante! —dijo el loro.

Cuando los animales gritaron cien veces «¡Que viva el elefante!, que viva, que viva», habló el lobo:

—Con estos dientes afilados —y el lobo se abrió la bocaza con la pata delantera— seré el encargado de meter miedo a los humanos.

–¡Estamos de acuerdo, estamos de acuerdo! –gritaron todos.

El oso patoso dio un paso hacia delante y comentó:

–¡Soy tan gordo y tan pesado, que lo mejor que puedo hacer es tirarme en plancha sobre los humanos! Os aseguro que con mi peso los pobres quedarán espachurrados.

Tras los aplausos, salió el mono:

–Por ser el más gracioso y divertido de la selva, me encargaré de

entretener al
enemigo. Mientras
hago monadas con
las manos o salto de rama
en rama, los demás podrán
hacer prisionero a quien nos venga a
atacar.

La siguiente en intervenir fue la zorra:

—Como soy astuta e inteligente, podré
engañar a los cazadores. Los llevaré
donde no querían ir y caerán en todas
mis trampas.

Las risas y los gritos de alegría
de los animales se oían hasta en el
rincón más apartado de la selva.

Entonces, la liebre dio un paso
hacia delante para hablar y...

—¡Fuera, fuera! ¡La liebre es una inútil!
—chillaron el elefante, el lobo, el oso, el
mono y la zorra.

—¡De eso nada! —gritó más fuerte aún
el león—. Aquí servimos todos. A partir
de ahora, la liebre traerá y llevará el
correo. De ese modo, nos podremos
comunicar rápidamente. Y a todos les
pareció muy bien lo que acababa de
decir el rey de la selva... pero
olvidaron sus palabras al momento.

Cuando el burro dio un paso hacia delante, todos comenzaron a gritar de nuevo:

—¡Fuera, fuera! ¡El burro es un tonto! —decían unos.

—¡El burro es un lerdo! —opinaban otros.

El león se enfadó muchísimo con todos los animales: rugió como nadie lo había oído rugir; se pasó las garras por la melena, abrió la boca con no muy buenas intenciones... pero, finalmente, se tranquilizó y dijo:

—Yo tengo un buen trabajo para el burro. Si el gallo es el encargado de despertar a los animales del corral, el burro hará lo mismo con los animales de la selva, será nuestro despertador. A partir de ahora, nos levantaremos con su potente rebuzno.

Aquella reunión se acabó al anochecer. Antes de que cada animal se fuese para su casa, el león les dijo estas palabras:

¡No lo olvidéis nunca,
recordadlo siempre!
Todos somos útiles,
unos por valiosos,
otros por valientes.

El oso, la mona y el cerdo

Tomás de Iriarte

Antes de la función, los animales del circo ensayaban su número. La mona daba vueltas en el aire, bailaba sobre la cuerda, montaba en bicicleta... Y todo lo hacía bien. Sus compañeros la aplaudían sin parar. Ella, que estaba un poco harta de la vida que llevaba, siempre decía lo mismo:

—¡Cuántas monadas tiene que hacer una para ganarse la vida!

—No te quejes tanto. Los demás también trabajamos y no nos van tan bien las cosas —respondió el cerdo—. Incluso hay algunos que, como yo, cuando hacemos las cosas bien, en vez de aplausos recibimos pitidos.

La verdad sea dicha, el cerdo lo único que hacía era ponerse como un guarro mientras intentaba pintar una valla. Ese era todo su espectáculo. Si se manchaba mucho, la gente se reía una barbaridad. Pero últimamente había decidido tomarse el trabajo en serio y pintaba tan bien que casi no se manchaba. Y claro, la gente no se reía nada y silbaba.

—Si sigues así —le decían sus amigos— el dueño del circo te va a despedir.

—¿Pero qué es lo que hago mal? —preguntaba el pobre cerdo.

–¡Pues hacerlo bien! –le respondían sus compañeros–. Tienes que mancharte más, llenarte de pintura desde el morro al rabo. ¿Lo entiendes?

–Pues no lo entiendo, no lo entiendo y no lo entiendo –repetía una y mil veces el pobre cerdo.

Para que pintase mal, lo único que podían hacer sus amigos era no dejarle ensayar, a ver si de esa manera se le olvidaba pintar como un pintor profesional.

Después de esta discusión, le tocó ensayar al oso peludo y patoso. Al compás de la trompeta que tocaba la mona, el oso bailaba en la pista.

—Uno, dos, cuatro, ocho —decía el oso para llevar el ritmo.

Al cabo de un rato de repetir tantas barbaridades, la mona dejó de tocar y le dijo:

—Veo que a ti te da igual ocho que ochenta. Tú también tienes algún problemita, ¿no te parece? Si aprendieras a contar, tal vez podrías bailar mejor.

—Pues yo creo —replicó el oso—, que bailo requetebién. Desde que he adelgazado, parezco más airoso, más saleroso. ¡Mírame con atención!

Y el oso, esta vez sin música, se puso a bailar.

—Oso patoso, ruidoso, espantoso, penoso, soso, latoso...

—Perdona —respondió el cerdo—, bonita, respira porque te vas a ahogar si sigues hablando tan deprisa. Mira, mona, a mí el baile del oso me parece gracioso, hermoso, maravilloso, fabuloso y asombroso.

Al oír las alabanzas del cerdo, el oso empezó a dudar de que bailase tan bien como él pensaba. Al cabo de un rato, y sin que

nadie le oyera, el oso dijo en voz muy bajita:

–Cuando me criticó la mona pensé que no lo hacía tan mal, pero ahora que oigo al cerdo, mucho me temo que lo hago fatal.

¡Ay, qué vida tan cruel!:
si el sabio no aprueba, ¡malo!
si el necio aplaude, ¡peor!

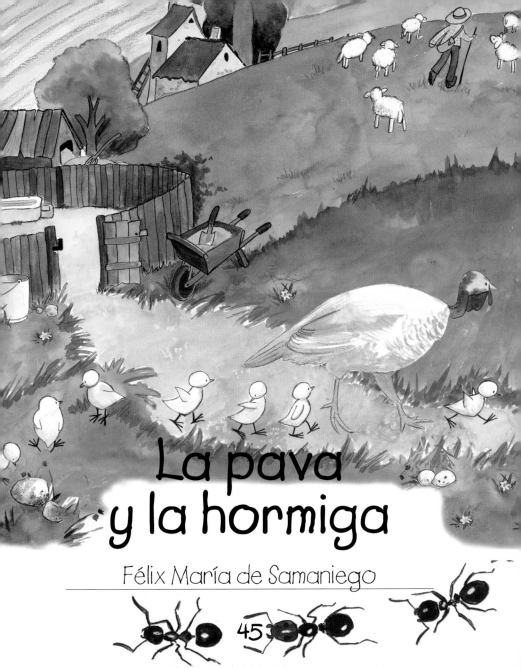

La pava
y la hormiga

Félix María de Samaniego

Como todas las mañanas, el pastor fue a buscar a las ovejas. Sacó todo el rebaño y, sin darse cuenta, dejó el corral abierto de par en par. En cuanto la pava lo vio, dijo a sus polluelos:

—Deprisa, deprisa, pequeños, que hoy nos vamos de excursión al campo.

Todos los pavipollos se fueron muy contentos detrás de su madre. De vez en cuando se paraban a descansar y aprovechaban para picotear la hierba o beber en algún charco. Al cabo de un rato, volvían a andar. Pasito a pasito, llegaron muy lejos.

Estaban cerca del bosque, cuando la señora pava mandó a sus hijos

que se detuviesen. Señalando con una pata hacia el suelo, les dijo:

—Mirad, hijos míos, esto es un hormiguero. Las que van en fila se llaman hormigas. Estos bichitos negros son un rico alimento para los pavos. ¡Comed, hijos! No tengáis miedo a las hormiguitas, yo también las como y mirad qué fuerte y qué grande me he hecho.

47

De pronto, y sin saber cómo ni por qué, la pava se acordó de cosas tristes. Mientras suspiraba, les decía a sus pavipollos:

—¡Hijos míos, qué felices seríamos si no hubiese cocineros en el mundo!

—¿Por qué, mamá? ¿Son malos los cocineros? —preguntó el más pequeño.

—Sí, corazón mío, son muy malos, terribles, perversos. Los cocineros nos asan en el horno, nos guisan en las cazuelas, nos fríen en las sartenes. Pero la culpa de todo la tienen los humanos. ¡Son unos carniceros! Cuando celebran una fiesta, nunca falta un pavo muerto sobre la mesa. Devoran nuestra carne, machacan nuestros huesos. ¡No hay derecho, no hay derecho! –y mamá pava se puso a llorar desconsoladamente.

Mientras la pava se quejaba, una hormiga muy lista consiguió escaparse de la fila. Lo más deprisa que pudo, se subió por el tronco de un árbol. Cuando se sintió segura, le dijo a la pava:

–Así que usted opina que los hombres son crueles, perversos, asesinos y carniceros.

49

—Sin duda alguna —respondió la pava, mientras trataba de descubrir en qué lugar estaba la hormiga que le hablaba.

—¡Estamos de acuerdo! —dijo la hormiga.

—Pero entonces, dígame usted: si los hombres son crueles con los pavos, ¿no son los pavos crueles con las hormigas?

—No, señora, ni mucho menos —gritó la pava enfadada.

—Pues sepa, doña pava, que usted y sus polluelos acaban de desayunarse a mi familia: padres, hijos, tíos, primos y abuelos... ¡Qué digo! No solo se han tragado a mi familia, han devorado un pueblo entero.

Ante estas
razones la pava se
quedó sin palabras. Y
entonces sucedió algo
bien curioso. Cerca del hormiguero, un
gusano chupaba un grano de trigo. Al
verlo, la hormiga comenzó a dar gritos:

   –¡Hermanas, salid! Hay
aquí un gusano que
está chupando un
grano y tiene el
granero lleno.
¡Rápido, salid!

Inmediatamente salió del hormiguero un ejército de hormigas. En un periquete, robaron al gusano todos los granos que tenía guardados.

La pava le dijo a la hormiga:

—Es curioso, compañera, que tú y yo veamos los defectos de los demás, pero no los nuestros. Procura no olvidar esta lección que te ofrezco:

Hombres, pavos y hormigas
la misma opinión tenemos.
Las faltas de los demás
son un delito horrendo,
pero el delito propio
es tan solo un pasatiempo.

54

La liebre y la tortuga

La Fontaine

Aquel día de verano todos los animales del bosque se sentían contentos. Como hacía mucho calor, la liebre estaba a la sombra de un sauce charlando con el señor erizo y la señora coneja. Por el camino, la tortuga regresaba de hacer la compra. Iba

tan cargada, que la pobre se tenía que parar a cada paso porque no podía más.

Cuando llegó junto al árbol, la liebre fue la primera en saludarla:

–¡Buenos días, tortuguita! ¡A ese paso, usted no llega a su casa en todo el día!

–¡Buenos días, amigos! –dijo la tortuga mientras se quitaba el sudor con la mano–. ¡Ah, señora liebre! No se preocupe tanto por mí y ocúpese de sus cosas.

La señora coneja y el señor erizo se sonrieron. La liebre, como

era muy orgullosa y vanidosa, no
soportaba que nadie le dijera lo que no
quería oír. Así que contestó a la
tortuga:

   —¡Hay que ver el mal humor que se
gasta esta mañana! No he querido
ofenderla. Solo he dicho lo que todo el
mundo dice, lo que todo el mundo sabe:
usted es más lenta que el cangrejo.

   —¡Está bien! —dijo la tortuga—. Sé
mejor que nadie que soy lenta y
que mis pies no
corren como los
suyos. Pero también
sé que soy fuerte y
consigo todo lo que
deseo. Así que, si usted

quiere, le voy a proponer esta apuesta. El domingo, usted y yo haremos una carrera desde este sauce hasta la orilla del río, a ver quién llega el primero –y la tortuga continuó hablando con los otros animales–. Si el señor erizo está de acuerdo, será el juez. Y usted, señora coneja, puede avisar a todos los animales para que vengan a vernos.

La liebre, la coneja y el erizo se miraron sorprendidos. La liebre, muy divertida, exclamó:

–¡Con este sol, no es extraño que a la tortuga se le

hayan reblandecido los sesos! Pero
está bien. El domingo habrá carrera
entre la tortuga y yo.

La tortuga volvió a coger sus bolsas
y deseó un buen día a sus amigos.

A partir de ese momento, en cuanto
tenía un rato libre, la tortuga
entrenaba por los caminos del
bosque. Su único deseo era ganar
a la presumida liebre.

Pasaron los días y llegó el
domingo. Todos los animales del
bosque madrugaron para coger un
buen sitio y poder ver la carrera. A las
diez de la mañana, el camino del sauce
hasta el río estaba lleno, no cabía ni
una pulga.

En cuanto apareció la tortuga, no hubo animal pequeño o grande que no se burlase de la pobre:

—¡Vamos, que tú puedes! —le decía el gamo con sorna.

—Hoy vas a ser la reina de la velocidad —le gritaba el zorro.

—¡Qué se habrá creído! —exclamó el caracol—. Hasta yo soy capaz de ganar a la tortuga.

Cuando llegó el momento, el juez dio el pistoletazo de salida. La tortuga comenzó a andar pasito a paso. La liebre, que se creía muy graciosa, iba detrás de ella imitando su forma de caminar y exclamando:

—¡Pobre de mí, pobre de mí! Yo, que

siempre gano a los perros, voy a
perder esta carrera con la tortuga.
¿Han visto? ¡Me va a ganar, ay, qué pena!
A partir de ahora, los cazadores, en vez
de perros, llevarán tortugas.

Los animales no paraban de reír. Unos
invitaban a la liebre a tomar un trago;
otros le daban conversación. Pero la
tortuguita, sin hacer caso de nadie y de
nada, seguía caminando. A
lo lejos, oía que la
liebre decía:

61

—Hasta el último momento, no pienso dar ni un paso.

Los conejos y los topos aplaudieron a la liebre y la invitaron a tomar un aperitivo. Comió y bebió tanto que le entró un sueño atroz. Así que se echó a dormir sobre la hierba y se olvidó totalmente de la carrera.

Cuando se despertó, vio cómo la tortuga estaba a punto de llegar a la meta. Fue entonces cuando la liebre saltó como un rayo. Pero sus patas, aunque eran muy rápidas, no pudieron hacer nada. La tortuga ya había pasado la meta.

Todos los animales la
aplaudían y la felicitaban.
Cuando llegó la liebre,
la tortuga se acercó a
ella y le dijo al oído:

No seas presumida,
no seas orgullosa,
y aprende que en la vida
existen los demás.
Recuerda que a la meta
quien más habla no llega,
sino el que paso a paso
trabaja por llegar.

El león
y el ratón

Esopo

Jugaba un ratoncillo en la selva, cuando una garra enorme cayó sobre su cuerpo diminuto. Al oír aquellos terribles gruñidos, el ratón se puso a temblar y exclamó:

–¡Estoy perdido! ¿Qué va a ser de mí?

Y ciertamente que lo estaba. Sin darse cuenta, había despertado al rey de la selva. (De todos es sabido que este animal tiene *muy malas pulgas* todo el día y peores si le despiertan en la siesta, después de la comida). Cuando el león lo levantó en el aire y abrió la bocaza para comérselo, el ratoncillo sacó fuerzas de donde pudo y le dijo:

—Señor, perdone mi atrevimiento, ya sé que soy un pobre ratón pero, si no me come, le prometo que le devolveré el

favor, ¡y quién sabe, tal vez algún
día yo pueda salvarle la vida!

El león, que era muy orgulloso, se rió
mientras lo miraba con desprecio. Sin
decir una palabra, lo tiró lo más lejos
que pudo y se puso a roncar.

A partir de aquel momento, el ratón
anduvo con cien ojos para no perder
la cabeza, una pata o el rabo. Y con
mucha atención y gran cuidado, el
roedor llegó a viejo. Conoció a nietos,
bisnietos y tataranietos y, siempre que
le dejaban, les enseñaba cosas
importantes sobre la vida y les daba
consejos:

—Jovencitos, recordad que, antes de
hablar, hay que escuchar. Os aconsejo

mirar a uno y otro lado antes de dar un paso. Y cuando encontréis comida, oledla, oledla bien, no sea que os siente mal.

—Sí, abuelito, prometemos hacerte caso.

Una mañana que iba de paseo con

sus tataranietos, el ratoncillo viejo oyó unos ruidos extraños. Inmediatamente escondió a los pequeños en una cueva y él sacó un poquito la cabeza. Entonces oyó la voz de un hombre que decía:

—¡Rápido, echa la red que ese ya es nuestro!

El compañero que estaba a su lado le respondió:

—¡Qué contento se va a poner el dueño del circo en cuanto vea al león colgado del árbol!

Pronto oyó el ratoncillo un rugido horrible, y como aquel rugido le resultaba familiar, se asomó un poquito más. ¿Sabéis a quién vio? Pues ni

más ni menos que al león
gruñón, prisionero en una
red. Sin pensarlo
demasiado, el ratón
corrió dentro de la
cueva y dijo a sus
tataranietos:
—Hoy me vais a
demostrar lo valientes que sois.
Todos juntos vamos a salvar a un
viejo amigo al que debo la vida.
—¿Y qué haremos, abuelito?
El ratón explicó a los pequeños lo
que tenían que hacer. Así que con
mucho cuidado, salieron
todos de la cueva y rodearon
la red donde estaba el león

70

preso. El ratón se
acercó al rey de la
selva y le dijo:

—Aquí me tienes, amigo.
Aunque nunca creíste que
te devolvería el favor, hoy
sabrás de lo que es capaz
un ratón con sus cien
tataranietos. Antes de que
vuelvan los cazadores para
llevarte en su camión, tú estarás
libre.

Dicho y hecho. Los ratoncillos
comenzaron a morder las cuerdas
de la red y, en un periquete, el león
estuvo libre.

Entonces, el león le dijo al ratón:

—Quiero que todos aprendan algo
que es muy necesario:

Nunca desprecies al débil,
procura siempre ayudarlo,
pues ocurre que
en la vida
todos nos
necesitamos.

El pato
y la serpiente

Tomás de Iriarte

A orillas de un estanque,
diciendo estaba un pato:
—¿A qué animal dio el cielo
los dones que me ha dado?
Soy de agua, tierra y aire;
cuando de andar me canso,
si se me antoja, vuelo;
si se me antoja, nado.
Una serpiente astuta,
que le estaba escuchando,
le llamó con un silbo,
y le dijo:

–¡Señor guapo!
No hay que echar
tantas plantas;
pues ni anda como el gamo,
ni vuela como el sacre,
ni nada como el barbo;
y así tengo sabido
que lo importante y raro
no es entender de todo,
sino ser diestro en algo.

75

La gallina de los huevos de oro

Esopo

Érase una vez un campesino muy pobre que todos los jueves pasaba la mañana en el mercado. Allí vendían de todo.

Había puestos de comida, de ropa, de cacharros y, un poco más lejos, vendían animales: vacas, cerdos, ovejas, pavos... Pero como el campesino tenía poco dinero, solo pudo comprar una gallina. En cuanto llegó a casa, se la enseñó a su mujer.

—¡Qué gallina tan hermosa! Seguro seguro que es una buena ponedora.

Llévala al corral y dale trigo
para comer y agua para beber.
Y el marido así lo hizo.
Al día siguiente, el
campesino se dio una
vuelta por el gallinero
para comprobar si la
gallina había puesto algún huevo.
Cuando vio aquel pedazo de oro
entre la paja, comenzó a gritar:
—¡Es un huevo de oro, un huevo de oro!
Al oír aquellos gritos, la mujer
y los siete hijos se presentaron
inmediatamente en el corral.
Todos se quedaron con la boca
abierta sin saber qué decir. Si no llega
a ser porque la madre estuvo a punto

79

de atragantarse con una mosca, todavía están allí contemplando el huevo. Pero, finalmente, la madre habló:

—Vete a la ciudad y vende el huevo. Con el dinero que te den compra carne, pan, vino, pescado, aceite, queso...

Pensaba el pobre hombre que iba a necesitar un carro para traer aquella inmensa lista de la compra. Cuando la madre acabó, la hija mayor dijo:

—Papá, yo quiero un vestido nuevo.

—Pues yo prefiero un caballo de verdad —comentó el hijo mayor.

—No te olvides de traerme juguetes y muñecas —dijo la más pequeña.

Y así, cada uno fue pidiendo lo que más deseaba.

Loco de contento, el campesino enganchó al carro su escuálido caballo y marchó a la ciudad. Con el dinero que le dieron por el huevo de oro, compró todo lo que su mujer y sus hijos le pidieron, y aún le sobraron varias monedas.

Cuando el campesino regresó a casa, los hijos, felices, lo besaron y

abrazaron. Y aunque la madre no había pedido nada para ella, su marido le había comprado el vestido más bonito y el collar más caro.

Después de cenar como reyes, cada uno se fue a su cama. Aquella noche, el campesino y su mujer no pegaron ojo, y la pasaron soñando despiertos.

—Si la gallinita vuelve a poner un huevo, lo guardaremos, y cuando tengamos varios, nos haremos una casa nueva —dijo la mujer.

—¡Qué buena idea! Sin duda, será la mejor casa del pueblo: la más grande, la más alta, la más cara —comentó el marido.

—Si la gallinita sigue poniendo más y más huevos de oro, nos compraremos una casa en la ciudad. Será la más alta, la más grande, la más cara y pondremos a nuestros hijos a estudiar —añadió la campesina.

Y el día siguiente, y el otro y el de más allá, la gallina siguió poniendo huevos. Cada huevo era más grande que el del día

anterior. Tened en cuenta que el campesino le daba muy bien de comer y mimaba más a la gallina que a cualquiera de sus hijos.

En poco tiempo, el campesino y su familia fueron los más ricos del pueblo, los más ricos de la ciudad y los más ricos del país donde vivían. Tenían casas, tierras, dinero, criados, joyas... ¡No les faltaba de nada! Pero el campesino quería mucho más. Deseaba ser el hombre más rico del mundo. Así que un día le dijo a su mujer.

—Mañana mismo mataré a la gallina de los huevos de oro. Estoy seguro de que en su vientre encontraré una mina. Con esa mina de

oro, no tendrán que trabajar nuestros hijos ni nuestros nietos, ni los nietos de nuestros nietos.

—¡Por favor, no la mates! —le rogó su mujer—. La gallinita ha sido tan buena con nosotros que no se lo merece.

Pero el marido, que era muy terco y muy ambicioso, la mató. ¿Y sabes lo que encontró? Pues no encontró nada, porque la gallina de los huevos de oro era por dentro como cualquier gallina de corral. Y para que no te ocurra lo mismo, no olvides esta lección:

Cuántos hay que
teniendo lo bastante,
quieren enriquecerse en un instante;
cuántos hay que
pierden lo que tenían
sin saber lo bien que vivían.

El ratón de campo y el ratón de ciudad

Esopo

Esta es la historia de dos ratones. Uno vivía en la ciudad y el otro en el campo, pero eran muy amigos.

—Vente a verme en primavera —le dijo por teléfono el ratón del campo al de la ciudad—. Como en esa época del año hace buen tiempo y el campo está precioso, seguro que lo pasaremos muy bien.

—¡Qué magnífica idea! —contestó su amigo—. Llegaré a tu casa en el mes de abril.

Desde el momento en que pisó el campo, el ratón de ciudad no paró de protestar ni un solo segundo:

—¡Qué incómodo es esto! ¡Qué frío! ¡Qué humedad!

Como, además, se aburría muchísimo, a los dos días decidió hacer las maletas y volver a su casa. Al despedirse de su amigo, le dijo:

—Llevas una vida tan espantosa y arrastrada como la de las hormigas y la de los topos. De tanto comer raíces y hierbas, se te están olvidando sabores tan deliciosos como el queso, el jamón o las galletas.

—¡Vale, vale, estoy de acuerdo! Dentro de unos meses, iré a visitarte a la ciudad.

—Te aseguro que allí sí que podrás disfrutar de la vida. Bueno, amigo, dame un abrazo.

—¡Adiós, hasta la vista!

Los días fueron pasando y, al llegar el otoño, el ratoncillo del campo fue a visitar al ratón de la ciudad. El pobrecillo se quedó pasmado al ver la casa tan lujosa en la que vivía su amigo. Cuando le enseñó la despensa, no paró de exclamar:

—¡Esto es vida y no la que yo llevo! ¡Cómo huele a queso! ¿Y qué me dices

91

de estos higos secos? –y siguió admirándose de las cosas que había allí mientras se le hacía la boca agua–. ¡Qué buena pinta tiene este jamón!

–Pues todo es tuyo. Puedes comer lo que te apetezca. Estás en tu casa –le contestó muy contento el ratón de ciudad.

Cuando su amigo salió de la despensa, el ratoncillo se lanzó al

ataque. Daba la impresión de que no
había comido en su vida. Llevaba
un trozo de queso en la boca,
cuando oyó que alguien abría
la puerta de la despensa. Muy
asustado, dio un salto y se
escondió en un agujero. Allí
estuvo un buen rato y no
salió de nuevo hasta que todo
quedó en silencio. Entonces fue cuando
vio unas galletas de chocolate:

   —¡Estas galletas deben de estar
buenísimas!

   Estaba a punto de hincarles el diente,
cuando oyó unos pasos
y vio a una mujer en la
despensa. Deprisa y

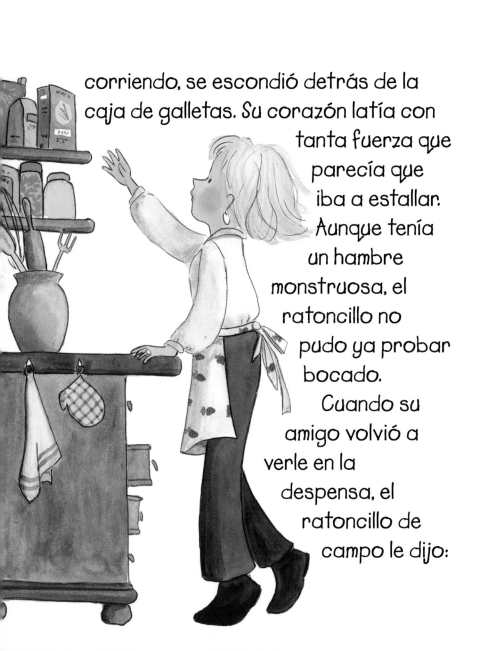

corriendo, se escondió detrás de la caja de galletas. Su corazón latía con tanta fuerza que parecía que iba a estallar. Aunque tenía un hambre monstruosa, el ratoncillo no pudo ya probar bocado.

Cuando su amigo volvió a verle en la despensa, el ratoncillo de campo le dijo:

–¡No puedo más! Esta vida no es para mí.

–¿Qué te ha sucedido, qué te pasa? –preguntó el amigo muy preocupado.

–Pues mira, aunque en la despensa hay ricos alimentos, estoy hambriento. Cada vez que intento comer algo, no para de entrar gente. Amigo mío –añadió–, la ciudad no es para mí. Lo siento, pero mañana me vuelvo al campo.

Al día siguiente, el ratoncillo regresó para su pueblo. Por el camino iba canturreando esta canción:

Lo poco, si eres feliz,
te da alegría y contento,
y esto es mejor que vivir
ricamente y con miedo.

El pastorcillo mentiroso

Samaniego

Érase una vez un pastorcillo que se
ganaba la vida cuidando de un rebaño.
Todas las mañanas, hiciera frío o calor,

salía con las ovejas al campo. Su única compañía era su perro Lucero y a este le contaba todas las cosas que se le ocurrían.

—Con esta madera —le decía a Lucero—, me voy a hacer una flauta. Así, por las tardes, podré tocar y nos divertiremos los dos.

El perro movía las orejas o el rabo, le miraba fijamente a los ojos, pero no le daba conversación, que es lo que le hubiera gustado al chaval.

97

El caso es que el pastorcillo se aburría bastante. Cierto día, llevó las ovejas a pastar muy cerca de donde estaban unos campesinos. Y pensando pensando, al muchacho se le ocurrió una travesura para pasar el rato. Así que se puso a correr, mientras gritaba:

—¡Ayudadme, ayudadme, que viene el lobo! ¡Venid pronto, que el lobo se come mi rebaño!

Los campesinos se asustaron y sintieron mucha pena por aquel muchacho. Inmediatamente, cogieron herramientas, palos y piedras, y fueron en busca del lobo. Cuando los vio corriendo, el pastorcillo se rió a carcajadas y se puso a canturrear:

—A los tontos de Carabaña
se les engaña con una caña, menos a mí,
que soy de aquí.

La gente, *muy* enfadada, volvió a su
trabajo.

—Este muchacho se merece una buena
bronca —decía un campesino.

—Tampoco es para tanto —respondió
su mujer—. El chaval es *muy joven*
y se aburre en el campo. ¿Quién
no ha hecho una travesura
alguna vez en la vida?

Un mes más tarde,
el pastorcillo

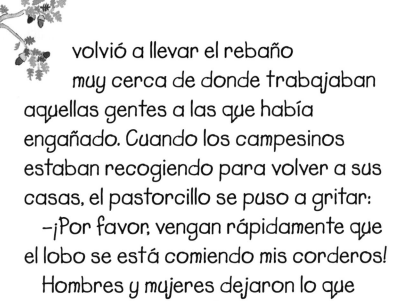

volvió a llevar el rebaño
muy cerca de donde trabajaban
aquellas gentes a las que había
engañado. Cuando los campesinos
estaban recogiendo para volver a sus
casas, el pastorcillo se puso a gritar:

—¡Por favor, vengan rápidamente que
el lobo se está comiendo mis corderos!

Hombres y mujeres dejaron lo que
estaban haciendo y fueron a socorrer
al pastor.

Cuando se dieron cuenta
de que todo era mentira,
se enfadaron mucho con él.

–¡Ya está bien! –dijo la mujer que le
había defendido la vez anterior–. Tal
vez algún día te arrepientas de tus
bromas.

–¡Tampoco es para ponerse así! Yo
solo intentaba pasar el rato
–contestó el pastor.

Pasó el tiempo y una vez más al final
del verano los campesinos oyeron
gritos de auxilio:

–¡Ayudadme, por favor! ¡Ayudadme,
que viene el lobo!

El pastorcillo gritaba, lloraba, pedía
socorro, pero nadie se movió.

Y aquella vez era verdad. El lobo se presentó y, en un instante, acabó con las ovejas, con los corderos y hasta con Lucero, su perro. El pobre pastor lo perdió todo, pero aprendió esta lección:

*Las burlas y mentiras
nunca fueron divertidas.
Y muchas veces sucede
que el engaño hace daño
a la persona que miente.*

El burro flautista

Tomás de Iriarte

Esta fabulilla
salga bien o mal,
se me ha ocurrido ahora
por casualidad.

Cerca de unos prados
que hay en mi lugar,
pasaba un borrico
por casualidad.

Una flauta en ellos
halló, que un zagal
se dejó olvidada
por casualidad.

Acercose a olerla
el dicho animal,
y dio un resoplido
por casualidad.

En la flauta el aire
se hubo de colar,
y sonó la flauta
por casualidad.

105

–¡Oh –dijo el borrico–:
¡Qué bien sé tocar!
¡Y dirán que es mala
la música asnal!

Sin reglas del arte,
borriquitos hay
que una vez aciertan
por casualidad.

La zorra y las uvas

Félix María de Samaniego

Ya era mediodía y la zorra seguía sin desayunar. En toda la mañana no había encontrado ni un solo bocado que llevarse a la boca.

De vez en cuando, gritaba con desesperación:

—¿Qué pasa hoy en el campo? ¿Están todos de fiesta? ¡Que alguien me conteste!

Algunos animales que estaban distraídos, en cuanto oían su voz se escondían por si acaso. Pero la zorra no paraba de protestar:

—Al paso que voy, se me va a juntar el desayuno con la comida. ¡Eso no está bien, eso está fatal! Y para colmo, tengo que aguantar los ruidos de mis tripas.

Andando, andando, la zorra llegó junto a una parra. Colgaban unas uvas negras y maduras que daba gusto

verlas. La
zorra en
seguida se fijó en ellas.
Mientras se relamía, dijo:

   —Ya es hora de que tome algo,
aunque no sea lo que más me gusta.
Pensándolo bien —añadió la zorra—,
igual me iría mejor si me hiciese
vegetariana...

   La zorra se puso a
pensar un rato en lo que
acababa de decir. Pero
inmediatamente, a la boca
le vino el sabor del
conejo de campo,
de la gallina
de corral,

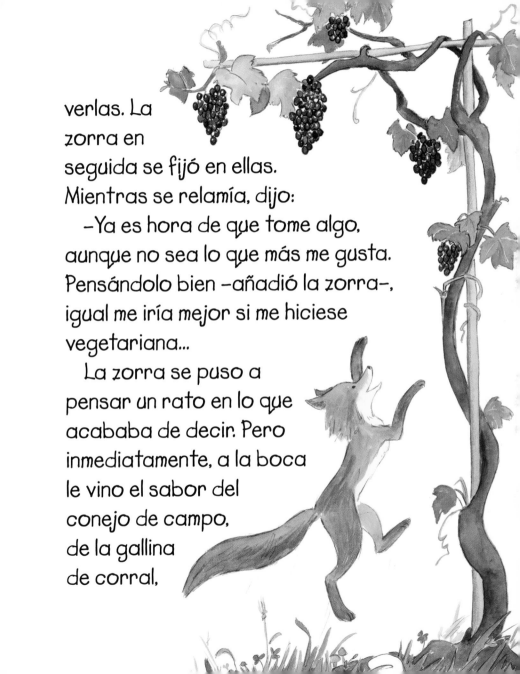

del cordero tierno, de la liebre, de la perdiz, de la codorniz, de las palomas...
Agobiada por tantos buenos recuerdos, exclamó:

–Hay que ver la cantidad de tonterías que una puede decir cuando tiene hambre. ¡Con lo sabrosa que está la carne!

Como la boca se le hacía agua, decidió coger un racimo de uvas. Miró otra vez hacia arriba y dio un salto. Pero los racimos estaban muy altos, así que no llegó ni a tocar las uvas con la garra. Dio otro salto, después otro y luego otro y otro. Pero no consiguió nada.

Descansó un rato a la sombra y volvió a intentarlo. De tantos saltos que dio, empezaba a estar cansada. Entonces miró fijamente a las uvas y dijo:

—No merece la pena que las coja. No las quiero comer, no están maduras.

Todo esto lo vio y lo oyó un ruiseñor que estaba en un árbol. Cuando la zorra se marchaba con el rabo entre las piernas, el pájaro le dijo:

No debemos poner excusas tontas cuando algo no podemos alcanzar. Es mejor aceptar que no podemos, y tal vez alguien nos podrá ayudar.

El cuervo
y la zorra

Félix María de Samaniego

En cierta ocasión, un cuervo entró
en la cocina de una casa.
Aprovechando que la dueña estaba

en la despensa, robó un buen trozo de queso y marchó volando al bosque. Buscó un pino solitario y se posó en una rama. Estaba a punto de disfrutar de aquel bocado, cuando... La zorra apareció atraída por el delicioso olor.

–¡Buenos días, señor cuervo! ¡Cómo me alegro de verlo!

El cuervo movió las alas en señal de saludo, pero no dijo ni pío. No es que fuera un pájaro maleducado, es que si abría el pico se quedaba sin el bocado de queso. La zorra, que era muy inteligente, se dio cuenta del asunto y continuó:

–¡Es usted el pájaro más bello de este bosque! ¡Menudo cuerpo, vaya porte! Nadie tiene unas plumas tan negras y brillantes. Ciertamente es usted un pájaro elegante: nadie como usted mueve las alas. En definitiva, nadie tiene tanta gracia y salero cuando va volando por el cielo.

El cuervo no podía creer lo que estaba oyendo, y es normal que no lo creyese, porque estaba acostumbrado a escuchar palabras terribles de todos los animales. En cuanto aparecía, le solían decir cosas de este tipo:

—¡Apártese de mi vista, pajarraco! Es usted un bicho de cuidado.

—¡Lárguese a otro sitio! Donde usted pasa y se posa, llega la mala suerte.

—¡Váyase, que huele a muerto!

Aunque el cuervo dudaba de las palabras de la zorra, lo cierto es que aquellos piropos le gustaban una barbaridad. Y como la zorra lo sabía, siguió diciéndole cosas bonitas:

—¡Qué alas, qué cola, qué pico! Aunque su pico es negro, como todo su cuerpo, sin duda es un pico de oro. ¡Da gusto oírle cantar! Por mucho que digan, ni el ruiseñor, ni el canario, ni el jilguero cantan mejor que usted. Yo, sinceramente, prefiero su canto al de todos estos pájaros.

Al oír estas palabras tan dulces y halagadoras, el cuervo comenzó a ponerse hueco. Así que abrió la boca y, en vez de gorgoritos, graznidos y más graznidos salieron por su pico. El queso cayó al suelo y, claro, la zorra se lo zampó en un momento.

Después, relamiéndose, la zorra le dijo al cuervo:

—¡Hay que ver qué tonto y qué bobo es usted! Por unas alabanzas y algún que otro piropo, ha perdido su comida. Ciertamente, es usted tan bobo que se llena la tripa con bien poco...

La zorra se dio la vuelta y lo último que el cuervo oyó de su boca fue esta moraleja:

No hagas caso de alabanzas,
pues, con bonitas palabras,
alguien quiere conseguir
alguna cosa de ti.

Los dos amigos y el oso

Félix María de Samaniego

En cierta ocasión, iban dos amigos por el bosque. Pedro, que era muy miedoso, le contaba a Juan historias terribles que habían ocurrido en aquel lugar.

—Pues dicen en el pueblo que aquí vive una banda de ladrones.

—No te preocupes por eso. ¡Estamos de suerte! A nosotros nadie puede robarnos. Somos tan pobres que no tenemos nada.

—Pues dice la gente que en este bosque hay monstruos. Unos salen por el día y otros salen por la noche.

—¡Eso son bobadas, Pedro! Los monstruos solo existen en los cuentos. Parece mentira que, con lo mayor que eres, seas tan miedoso.

En esto, Pedro oyó un ruido extraño.

Aterrorizado,
preguntó a su amigo:

   –Juan, ¿no has oído algo extraño?

   –Claro que lo he oído: es el ruido de
unas ramas y las pisadas de un animal.
Estamos en el bosque y aquí viven
animales pequeños y grandes, con
pelos y con plumas. En fin, viven
animales de todas las clases.

   Pero esos ruidos en concreto
los hacía un oso grande, peludo

y con cara de pocos amigos. Como Pedro tenía miedo, volvió la cabeza... y echó a correr a toda prisa mientras gritaba:

—¡Un oso, un oso, un oso!

De un salto se subió a la rama más alta de un árbol. Al verse solo, Juan se tiró al suelo y se hizo el muerto.

El oso, grande, peludo y con cara de pocos amigos, se acercó a Juan. Con su enorme zarpa, le dio varias veces la vuelta. Le tocó la cara, le agarró del pelo, le movió las piernas, le pasó la manaza por el pecho... pero Juan, por la cuenta que le traía, no movió ni pata ni oreja. Mientras lo investigaba, el oso dijo:

—¡Qué pena, qué fatalidad! Este joven no está vivo, está muerto de verdad.

Pero como aquel joven le parecía un bocado tierno y apetitoso, decidió asegurarse de que estaba bien muerto. Después de registrarlo con las zarpas, se acercó a su nariz. Al no sentir su aliento, el oso dijo:

—Este está más muerto que mi abuelo, que murió cuando yo era pequeño.

Como soy un oso remilgado y solo como la carne que yo mato, dejaré para otros el regalo. Así que, con más hambre que antes, me voy con la música a otra parte.

Y el oso, grande, peludo y con cara de pocos amigos, se marchó por donde había venido.

Después de un buen rato, bajó Pedro del árbol. Corriendo, se acercó a su compañero. Mientras le abrazaba, le dijo:

–¡Vaya suerte que has tenido! ¡Yo pensé que te mataba!

El pobre Juan estaba tan aterrorizado que era incapaz de decir una palabra. Pero Pedro le preguntó:

—Por cierto, he notado que el oso se acercaba a tu oreja y te decía algo. ¿Qué te ha dicho, compañero?

Entonces, Juan se acercó al oído de Pedro y le dio este consejo de parte del oso:

Aparta tu amistad de la persona que si necesitas su ayuda te abandona.

Cuentos

Pizco
de excursión

—¡Pizco, Pizco! ¿Dónde estás? Fran y su hermana Lorena buscan a su perro por toda la casa. Pizco es un pequeño téckel muy travieso y juguetón.

130

Le encanta esconderse para que los niños lo encuentren. Hoy se ha metido debajo de la mesa camilla. A través de los flecos de las faldas de la mesa, ve cómo los dos hermanos corren de un lado para otro llamándolo.

—¿Dónde se habrá
metido este perro?
—dice Fran un
poco enfadado.

132

Fran va a cumplir 11 años.

—¿Hemos mirado debajo de la mesa camilla? —pregunta Lorena. Lorena es la hermana pequeña, tiene 8 años. Sus padres le regalaron al perro Pizco por su cumpleaños.

—¡No!, es el único sitio que falta.

Los niños se acercan sigilosamente hacia la mesa, preparados para cualquier trastada de Pizco. En el momento en que levantan el mantel, el perrito suelta un alegre ladrido. Fran y Lorena del susto se caen de espaldas riendo a carcajadas.

El pequeño téckel salta sobre ellos y los llena de lametazos para jugar.

135

—Pizco, ¡nos vamos de excursión!
Papá ya ha sacado el coche del garaje
—dice Fran
poniendo voz de
niño mayor.

A Pizco la palabra
excursión le encanta.
Sabe que cuando la
familia se va de
excursión, ocurren
muchas aventuras, y él
está deseando vivirlas
de cerca.

De pronto se oye un grito que
proviene del
cuarto de
baño. Es mamá y
parece muy
enfadada.
—¿Quién
ha sido,
quién se ha
comido la mitad
del dentífrico?
—pregunta la
madre mirando a
los dos niños

y al perro con cara
de pocos amigos.

Los tres niegan con
la cabeza.

—Nosotros no
hemos sido —dicen
los hermanos.

139

140

Entonces, todos se vuelven hacia el perro. Pizco siente cómo las miradas tienen el poder de encogerlo. Son como el potente rayo láser de las películas de la tele. El perrito se arrastra pegado al suelo y se tapa la cara con las patitas. Mira por el rabillo del ojo y gime desconsolado.

«¿Por qué se enfadan conmigo?
Si solo me he comido un poquito de
pasta, ya saben que me encanta el
sabor a menta»,
parece pensar.
    —¡Este perro me
volverá loca!
—sentencia mamá—.
¡Nos vamos ya!

143

Todos suben al
coche. Papá está
impaciente por salir
de la ciudad. Pizco

saca la cabeza por la ventanilla para que el viento le haga cosquillitas en las orejas.

—¡Hemos llegado! —gritan alborozados los niños—. ¡Venga, Pizco, vamos a visitar la cueva donde antiguamente se reunían las brujas!

Al oír la palabra bruja,
al perrito se le ponen
los pelos de punta.
«No querrán que me
meta en ese oscuro
agujero negro para
que me lleve una
malvada bruja...

¡Ya sé cómo son! Lo he oído a menudo en los cuentos que papá le lee a Lorena antes de dormir. Prefiero darme una vuelta por los alrededores...».

Mientras la familia
visita la cueva, Pizco se
marcha decidido en
busca de aventuras.

El monte ofrece al perrito un montón
de rincones para descubrir.

De pronto, encuentra una seta de
vivos colores. Se acerca para
olfatearla. Tiene hambre.

¿Será comestible? A lo mejor sabe
bien, desde luego no huele mucho y él
quiere probarla. ¡Puaj, qué asco!

152

La seta está *malísima* y Pizco sale corriendo en busca de un poco de agua. Pero no encuentra ningún grifo ni cuenco con agua por los alrededores.

Los niños ya vuelven de la cueva.

—¡Qué chulo! —dice Lorena—, aunque olía fatal.

—Ya se ha vuelto a escapar Pizco, a ver en qué lío se ha *metido* ahora, vamos corriendo a buscarlo —grita Fran. Cuando los niños llegan al coche se quedan con la boca abierta.

Todo el contenido del cesto de la merienda está esparcido por el suelo: bocadillos, patatas fritas, chocolatinas, aceitunas. Y Pizco, en medio de todo el desastre, moviendo el rabo.

Por fin ha conseguido quitarse ese mal sabor a seta podrida, ¡menos mal que mamá había preparado bocadillos de mortadela, sus favoritos!

155

Los dos hermanos recogen los desperdicios; imposible hacer un pícnic con los restos de comida.

Cuando llegan los padres de Fran y Lorena, esta les explica con voz suplicante:

—Mami, es que Pizco tenía mucha hambre y no sabía que tenía que esperarnos, te prometo que ya no ocurrirá más.

—¡Está bien! —dice papá—. No pasa nada, iremos a comer al chiringuito de la colina, tienen barbacoa.

157

—¡Venga, vamos!

Todos siguen las indicaciones de los carteles que los llevan por los antiguos lugares de reunión de las brujas.

Papá va leyendo las explicaciones escritas sobre la madera. A Pizco le dan repelús todas esas leyendas sobre hechicería.

Se oye el ruido de una cascada que nace un poco más arriba en el monte.

Es un paisaje precioso.

COCINA
Comedores y zonas
de banquetes, reuniones
de aquelarres

Los niños extienden los brazos para
que les salpique el agua cristalina.
Pizco también quiere probar el agua.
El perrito se acerca demasiado al
borde de la cascada y ¡PLOF!
Se cae al río.
Todos gritan y corren
a ayudarle.

160

Pizco mueve las patitas para
nadar y se acerca a la orilla.
¡Menos mal que solo era
un riachuelo poco
profundo! Papá lo saca
y lo deja sobre la hierba.

161

¡ACHÍS!

¡ACHÍS!
Estornuda Pizco.
De su boca salta
un pececito.

162

—¡Rápido, al agua antes de que se muera! —gritan los niños tirando el pez al río.

164

Pizco se sacude con fuerza y salpica
a todo el mundo.

¡Cómo le gustan las excursiones al
pequeño téckel! Ladra feliz y contento.

Pizco
en la granja

Fran, Lorena, sus padres
y Pizco, el pequeño téckel,
se van a la granja de
sus tíos para
pasar unos días
en el campo.

168

Los niños han metido en las maletas sus juguetes preferidos. Pizco también le ha dado a mamá su mejor hueso de plástico.

169

–¡Ya está, nos vamos, al coche! A Pizco le gusta mucho viajar. Saca la cabeza por la ventanilla para que el aire le haga cosquillitas en las orejas

–¡Hemos llegado! –gritan los niños–, ¡venga, Pizco, vamos a ver las vacas!

Un gato con todo el pelo erizado se acerca al perrito. A Pizco no le gusta nada su aspecto y se esconde entre las piernas de mamá. Fran y Lorena corren hacia él.

—No tengas miedo, es Misi, el gato de la granja

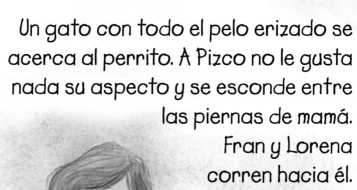

—le tranquiliza Fran, siempre preocupado por su mascota.

Dentro de un cercado se ven unos
animales grandísimos de color
blanco y negro que no paran de
masticar.

—Mira, Pizco, allí están las vacas
—dice Lorena.

Un ternero mama de las ubres
de su madre.

Lorena le explica al perro un montón
de cosas sobre las vacas, que de ellas
obtenemos la leche, los yogures,
la mantequilla, el queso,
las hamburguesas...
Pizco no entiende nada.

Él prefiere meterse dentro de la
cerca para jugar al pilla-pilla con el
ternero, pero a mamá vaca no parece
gustarle la idea y suelta un mugido.

Pizco se asusta
muchísimo.
Los dos hermanos
se ríen a
carcajadas.

¡MUUUU!

174

Los niños van hacia el corral,
quieren coger unos
cuantos huevos para
la cena. En el corral un
gallo con enorme cresta
roja y aspecto peleón se
abalanza sobre Pizco
y le picotea
la cabeza.

175

Dolorido y muy enfadado, Pizco se pone a ladrar furioso. Las gallinas se asustan de los ladridos y empiezan a cacarear todas a la vez revoloteando como locas. Cuanto más cacarean las gallinas, más ladra Pizco.

Por fin Fran consigue coger a su perro y sacarlo de entre una nube de plumas blancas.

177

Pizco estornuda varias veces. Tiene
el cuerpo cubierto por las plumas de
las gallinas, ¡parece un perro volador!
    —Será mejor que vayamos a la
cuadra a darles de comer a los
caballos —comenta Lorena.

En la cuadra un potrillo de pocas
semanas frota su cabeza
contra la de su madre.
Los niños le dan forraje y lo acarician.
    Un moscardón muy pesado molesta a
Pizco. El perrito quiere
atraparlo y lo persigue
entre las patas
de los caballos.

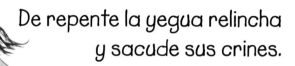

De repente la yegua relincha
y sacude sus crines.

Pizco corre a esconderse tras
un montón de heno. Los niños le llaman
para que salga de su escondite, pero el
pobrecito tiembla de miedo y prefiere
quedarse allí. Por fin, al cabo
de un rato, se decide a
salir.
Está cubierto de
paja, ¡parece un perro
espantapájaros!

180

Los niños lo
llevan a la fuente
para que beba y se
refresque.

El pequeño téckel camina por la
granja con el rabo entre las patas.
La experiencia de vivir entre animales
no le parece tan divertida
como a los niños.

En la pocilga, el tío de Fran y Lorena echa de comer a los cerdos.

¡Hacen unos ruidos parecidos a los ronquidos de papá!

Lorena explica que los cerdos también se llaman cochinos, marranos, guarros... La niña dice que son unos nombres muy divertidos.
¡Todo menos limpios!

El téckel pone cara de asco
y ladra un poco disgustado.

«¡Qué olores tan desagradables!», parece pensar el perrito. Va de un lado para otro olfateándolo todo. Se sube sobre un taburete para poder ver a los animales.

De repente Pizco resbala y cae en un gran charco de barro en medio de los cerdos. El perrito se sacude, pero no consigue quitarse ese espantoso olor de encima.

—Ahora tú también hueles como los cerditos, necesitarás un buen baño con mucho jabón —ríen a carcajadas los dos hermanos.

Muy compungido, el perro se va hacia la pequeña laguna que rodea la granja y se zambulle en el agua cristalina espantando a los patos que nadan tranquilamente por allí.

La tarde parece presentarse más tranquila. Toda la familia prepara una merienda campestre. El perrito salta contento alrededor del pícnic.

Le encantan el chorizo y la mortadela. Mientras los demás traen lo necesario desde la casa, Pizco intenta sacar algo de uno de los cestos de mimbre.

No se da cuenta de que un cabritillo, también atraído por la comida, se ha acercado.

Pizco olfatea un nuevo olor desconocido para él. De pronto, se da la vuelta y se encuentra, trufa con trufa, con el cabritillo.

—¡Beee, beee! —bala el animalito.

Esto es demasiado para Pizco. ¿Nadie en este sitio lo va a dejar tranquilo? Pues esta vez no se asustará del recién llegado. Está dispuesto a compartir la merienda.

Mamá llega a tiempo y evita que se coman los bocadillos. Manda a Pizco a jugar lejos de allí. El perrito se va con su nuevo amigo hasta un prado donde pasta media docena de cabras.

El cabritillo corre hacia
su madre. Pizco quiere
jugar con él y ladra alegremente.
    Un carnero vuelve la cabeza hacia el
intruso, no parecen gustarle los
perros. Trota hacia el pequeño téckel,
sus grandes cuernos retorcidos
amenazan al pobre perrito.

¡ !

189

Pizco se despide
a toda prisa de su
nuevo amigo y se refugia
dentro de la casa.

En la cocina un cuenco lleno de leche
fresca le espera en el suelo.

Pizco se la bebe a grandes
lengüetazos.

Tantos sustos en un solo día son demasiados para él. Se tumba en un mullido sillón cerca de la chimenea. No hay nada mejor que un buen fuego para echar un sueñecito. Mañana será otro día y seguramente con más aventuras...

Pizco
en la playa

—¡Estamos de vacaciones, estamos de vacaciones! —cantan a pleno pulmón Fran y Lorena. Los dos hermanos dan saltos alrededor de Pizco, el pequeño perro téckel. Pizco ladra alegremente para acompañar los gritos de sus amos.

Este nuevo juego es muy divertido, aunque no entiende el significado de la palabra vacaciones.

Debe de ser algo estupendo para que los chicos estén tan contentos, por eso el perrito ladra alegremente.

La excitación también parece haber
contagiado a papá y a mamá, porque
se les ve muy
atareados
sacando ropa
del armario y
tapando los
muebles con
sábanas.

Pizco aprovecha el tumulto y
entra en la habitación de
Lorena: le encanta jugar con las
muñecas... ¡pero a su manera!

En realidad, el juego consiste en tirar de los pelos de las muñecas o morder la tripa del «bebé llorón» para que suene el llanto del muñeco.

—¡No, Pizco, no! ¡Esto no se hace! —le regaña Lorena—. Estás dejando mis muñecas completamente pelonas y al bebé llorón sin sonido.

Pizco es muy amigo del bebé, le gusta mucho gruñir y que el muñeco le conteste.

Por fin llega el gran día. Toda la familia sube al coche. ¡Van a pasar un mes en la playa! Papá ha alquilado una casita al borde del mar.

Los niños no paran de hablar durante el viaje, haciendo y deshaciendo montones de proyectos. Pizco se duerme sobre el regazo de mamá, mecido por el parloteo de los niños.

Es la primera vez que el pequeño téckel ve el mar.

Tiene sed, se acerca a la orilla para beber un poco de agua.

Sin que le dé tiempo a resoplar, las
olas le dan un revolcón y lo dejan
empapado.
   El perrito traga agua salada.
   Pizco ladra furioso
a esas olas tan
impertinentes.

201

«Pero si solo quería calmar mi sed», pretenden decir sus ladridos, «¡sois unas tontas y además el agua está malísima!».

Regresa chorreando hacia la toalla de Lorena.

Papá le recomienda que se tumbe debajo de la sombrilla y no se mueva de allí.

Al cabo de un rato, Pizco se aburre
y prefiere buscar un amigo con quien
jugar.

   ¿Qué será eso tan extraño que
camina de lado? No se parece a
ningún animal conocido.
El perrito se acerca al
cangrejo e intenta caminar
como él.

Sus patas se traban y cae de morros sobre la arena caliente.

El cangrejo sigue caminando hacia el agua sin oír los gemidos de Pizco.

¡Cómo quema la arena!

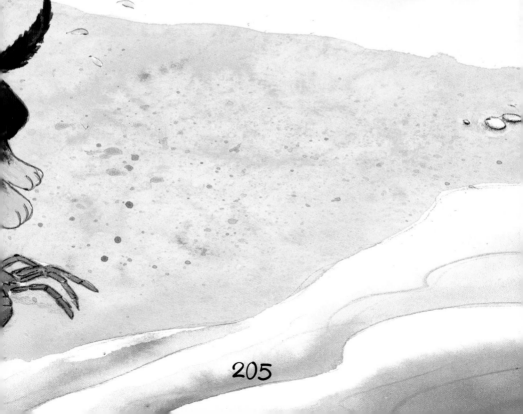

206

Los niños desde el agua lo llaman
para que se dé un chapuzón. Pero
Pizco no quiere, ya se mojó antes.

207

Un poco más lejos, el dueño de un quiosco grita ofreciendo a los bañistas helados de mil sabores.

—¡Helados de fresa para la duquesa, helados de limón para aliviar el sofocón!

Pizco se acerca al tenderete en busca de su helado preferido, el de chocolate.

—¡De chocolate y pistacho para el muchacho! —pregona el heladero.

El téckel se mete en el quiosco por la puerta entreabierta y cuando el hombre abre el congelador, se cuela dentro sin ser visto.

¡Horror, la puerta se cierra de golpe! Está atrapado en el congelador de los helados. Hace mucho frío y está oscuro. El perrito ladra y ladra para que le saquen de allí, pero el hombre tiene la radio puesta y no le oye.

GUAU
GUAU
GUAU

212

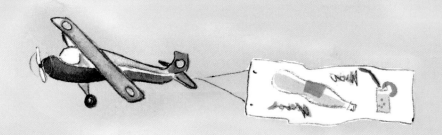

Menos mal que llega un cliente a comprar otro helado.

Cuando abre la puerta, el heladero se encuentra con la trufa del perro delante de sus narices. Pizco sale tambaleándose.

214

—Pizco, ¿dónde te habías metido? —pregunta Fran—, llevamos un buen rato buscándote, creíamos que te habías ahogado.

—Pero si estás helado —dice Lorena acariciándolo—, ¿cómo puedes estar tan frío con el calor que hace?

Al pobre perrito solo le quedan
fuerzas para gemir y tumbarse
temblando sobre la cálida arena
de la playa.

Menos mal que el calor del sol le devuelve las ganas de jugar de nuevo.

—No te alejes, que nos tienes siempre preocupados con tus travesuras. Nosotros vamos a recoger mejillones, estaremos allí en aquellas rocas —explican los dos hermanos.

218

El perro se queda un rato más
tomando fuerzas; cuando por fin entra
en calor, decide ir en busca de algo
interesante.

Una señora escucha la radio
tumbada bocabajo sobre una toalla.
Tiene un tubo de crema solar
a su lado. La crema es
color zanahoria.

Pizco se
acerca para
olfatear el
tubo. ¡Qué bien
huele! ¿Sabrá
como el pastel
de zanahoria de mamá?

El perro pone su pata sobre el tubo
y aprieta. Un chorro de crema naranja
sale disparado hacia la cara de la

señora. Esta grita como una loca, con la boca llena de crema solar.

—¡Fuera, fuera, perro malvado!

El perrito asustado huye de la mujer regañona y prefiere ir a pescar con los chicos.

Fran ha llenado su cubo de plástico de mejillones.

Pizco tiene hambre, vuelca el recipiente para comerse un mejillón.

Las conchas de algunos se abren, el perro intenta sacar la comida con su patita, pero el bicharraco se cierra de golpe y le pellizca.

Pizco aúlla, sacudiendo la pata.
Lorena corre hacia él y consigue
quitarle el mejillón.

—¡Pobre Pizco! —le consuela
la niña—, no sé cómo te las
apañas, pero siempre te metes
en líos.

Afortunadamente, el día de playa
acaba bien y Pizco, de vuelta a casa,
después de una buena cena se tumba
agotado sobre la alfombra del salón.

Antes de dormirse, piensa
que mañana será un día
estupendo para vivir
nuevas aventuras.

TAQUILLA

Pizco
en el circo

CIRCO

Un circo ha instalado su gran carpa roja y azul en un descampado cerca del barrio. Papá ha llegado esta tarde con las entradas para asistir a la primera función.

Fran y Lorena están ansiosos por ver el espectáculo. Naturalmente, Pizco, quiere acompañar a sus amos.

El perrito nunca ha
estado en un circo.

Delante de la carpa hay
una larga cola de
personas esperando
para entrar.

Pizco se impacienta, no le gusta mucho tener que esperar sin hacer nada.

Mientras papá y los niños hacen cola, el perrito se va a inspeccionar los alrededores.

Ve una docena de pintorescos carromatos. Pizco se acerca hacia uno con grandes y fuertes barrotes de hierro.

232

Dentro, tumbado y medio dormido,
un tigre espanta las
moscas con el rabo.

El perro apoya sus patitas contra
los barrotes y ladra para saludar al
«gatito». ¡Menudo rugido suelta!
   —¡No temas, perrito! —le
tranquiliza un desconocido—; ese tigre
es un viejo gruñón. Te voy a llevar a mi
caravana y te daré una galleta.

Pizco mira al hombre que habla. Lleva
la cara pintada de blanco con una gran
boca roja dibujada. Es un payaso.
—¡Buen perrito!, ahora he de ir a
trabajar, el público me espera.

El téckel no quiere quedarse solo y decide seguir a su nuevo amigo. El payaso salta a la pista, da varias volteretas en el aire y cae de bruces encima de una tarta. Pizco corre hacia él y le chupa la cara en señal de amistad. El público ríe a carcajadas.

Aparecen los malabaristas.
Es increíble lo que hacen con las bolas
y las mazas. ¡Con lo que le gusta a Pizco
que le tiren una pelota y correr
a recogerla!

De repente, da un salto y atrapa una al vuelo. A los malabaristas con la sorpresa se les caen todas las bolas al suelo. Pizco corre de un lado para otro recogiendo pelotas y llevándoselas a su amigo el payaso.

La gente se ríe más aún
y aplaude con fuerza.
Fran, Lorena y su padre no se pueden
creer lo que ven, ¡Pizco en mitad
de la función!

El payaso coge al perrito y saluda al público. ¡Es hora de irse antes de que haga más travesuras!

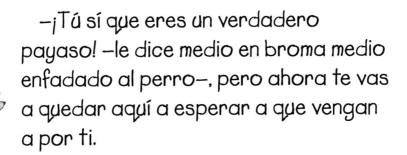

—¡Tú sí que eres un verdadero
payaso! —le dice medio en broma medio
enfadado al perro—, pero ahora te vas
a quedar aquí a esperar a que vengan
a por ti.

241

Pero quedarse
quieto no es lo suyo y,
pronto, aburrido, Pizco
se pone en marcha.
Unos olores muy
peculiares lo atraen
hacia una cerca.
Dentro se encuentran
dos enormes elefantes.
Pizco no se asusta,
pues parecen bastante
amigables. Uno de los
elefantes baja su
trompa y olfatea al
perrito, eso le hace
cosquillas.

243

Pero de pronto el elefante rodea al pequeño téckel con su trompa y lo sube hasta lo alto.

Con mucho cuidado lo deja sobre su lomo. Debe de estar acostumbrado a trabajar con perritos.

Pizco no se ve muy seguro allí tan alto. Un mozo del circo viene para

llevárselos. Es el turno de los elefantes,
¡les toca entrar en pista!
A Pizco le cuesta mantener el equilibrio.
De nuevo está ante el público, que lo
recibe entre vítores y aplausos.
El domador baja al perrito al suelo.
Este ladra alegremente.

245

Entonces entra una tropa de monos
equilibristas, todos montados sobre
monociclos. Dan vueltas y vueltas

alrededor del téckel. Uno de ellos
alarga el brazo y atrapa al perrito.

247

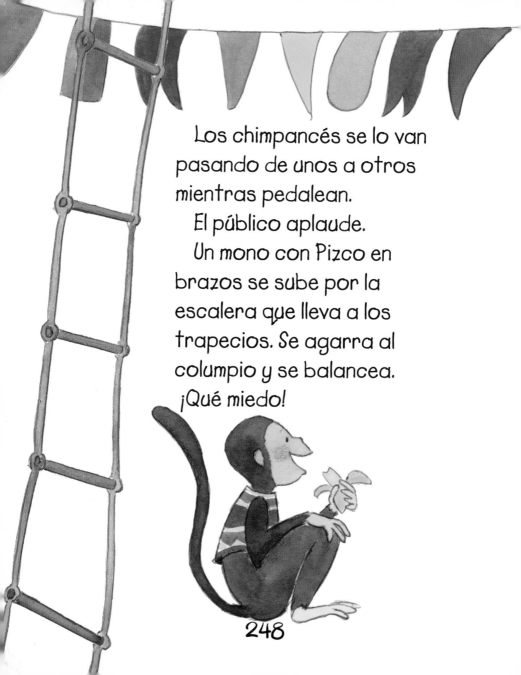

Los chimpancés se lo van pasando de unos a otros mientras pedalean.

El público aplaude.

Un mono con Pizco en brazos se sube por la escalera que lleva a los trapecios. Se agarra al columpio y se balancea. ¡Qué miedo!

De pronto se suelta y los dos caen sobre la red. Pizco aprovecha ese momento y salta al suelo. Mejor salir de aquí...

¡Estos monos están locos!

249

Como no encuentra a sus amos por ningún sitio y tiene hambre, decide buscar algo de comer. De uno de los carromatos sale un olorcillo a salchichas asadas muy tentador. Pizco entra y ve a una mujer contorsionista que almuerza mientras hace sus ejercicios. El perrito nunca ha visto a nadie tan retorcido. Pero, ¿dónde está la cabeza?

251

—¡Hola, chiquitín! ¿Tienes hambre?
Toma, coge un trozo de salchicha.
Una mano que sale de no se
sabe dónde le ofrece un
trozo de carne. Pizco se
acerca un poco asustado,
pero se lo come.
¡Cuánta gente rara hay
por aquí!
El perro decide que
tiene que encontrar a
sus dueños.

Fuera hay mucho bullicio. Pizco se aleja y ve a unos niños saltar muy alto sobre una cama elástica. Son los hijos de los trapecistas.

—¡Mirad qué perrito tan gracioso! —grita una niña—, parece estar perdido.

La niña baja de la cama elástica y acaricia a Pizco.

255

—¡Pero si es el que salió
con los payasos y los
malabaristas! —gritan
los demás.

Los niños lo
rodean riendo.

Pizco está encantado.
¡Cuántos nuevos
amigos!
—¡Ven, salta con
nosotros!
Un niño lo sube a la
cama y se pone a
saltar.
¡Qué divertido!
A Pizco le gusta
mucho esta
nueva experiencia.

En ese momento llegan
papá, Fran y Lorena.

258

—¡Aquí estás, pillín! Nos tenías muy preocupados —comentan los niños—, creíamos que te habías metido en la jaula de los leones.

Pizco ha vivido nuevas y emocionantes aventuras, ¡la gente del circo es muy simpática!

259

El patito feo

Hans Christian Andersen

Era verano y el campo estaba
precioso con los trigales amarillos, los
prados verdes y el cielo azul. Cerca del
bosque había una granja y allí se

encontraba la señora pata empollando sus patitos. Estaba aburrida: los polluelos tardaban en salir y nadie iba a visitarla. Sus amigas preferían bañarse en el canal a estar de palique con ella.

—¡Vaya unas amigas! ¡Nunca están a tu lado cuando las necesitas!

Iba a seguir quejándose, cuando oyó el crujido de un cascarón.

—¡Parece que, por fin, van a salir del huevo!

—¡Pío, pío, pío! —dijeron todos al asomar la cabeza.

—¡Cua, cua, cua! —les respondió mamá pata, animándoles a que corriesen por la hierba.

—¡Jo, qué grande es el mundo! —exclamó uno de los patitos, que estaba muy contento al ver que tenía más espacio que en el huevo.

—Hijo, esto solo es el corral de la granja. El mundo es muchísimo más grande y llega más allá del bosque que vemos a lo lejos.

Mamá pata paró de hablar, se quedó embobada mirando a sus patitos y exclamó:

—¡Bueno, ya estáis todos aquí!

Entonces, la señora pata se levantó y descubrió un huevo grande, oculto entre la paja de su nido.

—¡Lo que me faltaba! ¡Aún queda un huevo! ¡Y qué grande y raro es! ¡No puede ser, no puede ser! ¡En fin, terminaré de empollarlo!

En ese momento, pasó por allí una vieja pata que, tras mirar detenidamente el huevo, dijo:

—¡Es un huevo de pavo, no hay duda! Lo sé porque una vez empollé uno. ¡Menudos problemas que tuve! Por más que lo intentaba, no había manera de que el pollito se metiese en el agua. Te aconsejo que dejes ese huevo y te vayas a nadar con tus patitos.

—Llevo tanto tiempo acurrucada, que me da lo mismo esperar un poco más —contestó la pata.

Y la espera fue larga. Pero como todo llega en esta vida, el polluelo, finalmente, rompió el cascarón del huevo.

—¡Piu, piu, piu!

La señora pata lo miró extrañada.

—¡Qué grande es! ¡No se parece en nada a los otros patitos! ¿Será un pollo de pavo? En cuanto vea el agua lo sabré.

Y mamá pata se llevó a sus pollitos al canal.

—¡Al agua, patos! ¡Al agua, patos!
—gritó mamá pata.

Todos se tiraron al canal y nadaron
estupendamente, incluso el patito
enorme y feo.

—¡Este pollito también es
hijo mío! —gritó
mamá pata a los
cuatro vientos—.
Y no es tan feo
como

parece. Es cuestión de mirarlo con cariño.

Mamá pata salió del agua y esperó a que hicieran lo mismo todos sus patitos. Cuando estuvieron a su lado, les dijo:

—Ahora, vamos a ir al corral. Quiero presentaros a nuestros vecinos. Procurad ser muy educados y no os separéis de mi lado.

En el camino se encontraron con una pandilla de patos jóvenes que, al ver a la pata con sus patitos, se burlaron:

—¡Como éramos pocos...! ¡Mirad esa birria! ¡Vaya pinta! —gritaban señalando al patito feo.

No contentos con eso, uno de aquellos patos se acercó al patito feo y le dio un picotazo:

—¡Déjale, grandullón! ¿No te da vergüenza? —le gritó la pata—. ¿Quieres que yo haga lo mismo contigo?

La pata más noble del corral, que observaba atentamente la escena, también opinó:

—La verdad es que usted tiene usted unos patitos preciosos, pero ese —dijo

señalando al patito feo— no parece pato ni nada.

—Señora, es verdad que el patito es grande. Pero si usted lo mira detenidamente, se dará cuenta de lo hermoso que es. Estoy segura de que, cuando sea mayor, será el más guapo de todos.

El pobre patito tuvo que aguantar aquella tarde muchísimos desprecios, empujones y picotazos. Hasta los pollos de las gallinas se burlaban de él.

Ese fue su primer día en el corral.
pero a partir de entonces, las cosas
fueron de mal en peor. Incluso sus
hermanos le decían:

—¡Cuello largo, plumas cortas! ¡Plumas
cortas, cuello largo!...

Todos los habitantes del
corral lo maltrataban,
incluida la chica que les
traía la comida.
Tanto sufría
el pobre
patito que,
un buen día,
se fue
volando
de allí.

Triste y solo, el patito feo caminó toda la tarde; al anochecer, cansado y hambriento, se echó sobre la hierba que crecía junto a una laguna. En cuanto amaneció, lo despertaron las voces de dos patos silvestres. Uno preguntó al otro:

—¿Habías visto alguna vez un pato tan feo?

Los patos se echaron a reír y alzaron el vuelo. Hubieran seguido riéndose, a no ser por los disparos de unos cazadores que acabaron con su vida. El patito, asustado, se escondió entre las cañas.

Al poco tiempo, oyó un ladrido a su espalda y se volvió. Un perrazo de

fiero aspecto se le quedó mirando
fijamente, puso cara de asco y se dio
la vuelta.

«¿Tan feo soy que ni los perros se
atreven a morderme?», se preguntaba
el patito, sintiéndose peor que nunca.

Cuando los cazadores se alejaron
de la laguna, el patito reanudó su
marcha. A media tarde, vio una casa

entre los árboles. Como tenía la puerta
abierta, entró, se acurrucó en un
rincón y se quedó dormido.

Al amanecer, lo descubrieron el gato
y la gallina que vivían con una
señora en aquella casa.

—¿Sabes arquear el
lomo y hacer ronrón?
—quiso saber
el gato.

—No
—contestó
el patito feo.

272

—¿Sabes poner huevos? —le preguntó la gallina.

—Tampoco —respondió el patito.

—Pues si no sirves para nada, nuestra ama no va a querer que vivas con ella —dijo la gallina.

El patito, avergonzado por su inutilidad, agachó la cabeza y abandonó la casa.

Cuando el otoño llegó, el pobre patito feo seguía yendo de acá para allá. Comía lo poco que encontraba y dormía donde le pillaba el sueño. El tiempo fue pasando y vino el invierno con la nieve y el hielo.

Un día que el patito feo nadaba en una charca, quedó aprisionado entre los hielos. Muerto de miedo, el patito lloraba y decía:

—¡Voy a morir! ¡Nadie podrá salvarme esta vez!

Menos mal que un campesino lo vio. Le dio tanta pena el pobre animal, que lo sacó de la charca y se lo llevó a casa. Al verlo, su mujer exclamó:

—¡Qué gracioso! Voy a avisar a los niños de que les has traído un patito.

Los niños se pusieron tan contentos que empezaron a gritar y a perseguirlo para jugar con él. Pero como el patito creía que querían hacerle daño, echó a volar. De un aletazo, tiró la jarra de

jarra de la leche. La mujer, muy enfadada, fue tras él con un palo. ¡Menos mal que estaba abierta la puerta de la casa! El patito abrió las alas y no paró de volar hasta el bosque, donde se refugió entre unos matojos. No hubo ni un solo día de aquel invierno que el pobrecito no llorase su desgracia.

Y llegó la primavera. Una tarde que no sabía qué hacer, el patito se fue volando hasta el estanque de un parque y se sorprendió al ver tanta belleza:

—¡Qué bonito es todo en este lugar! Hay árboles, flores y...

También había cisnes.

277

El patito se quedó tan embobado mirándolos, que no pudo decir palabra. Tanto le gustaron aquellas hermosas aves, que decidió ir a su encuentro. Mientras se acercaba, se decía:

«Estoy convencido de que me van a acribillar a picotazos. Pero ¡me da igual! Nadie me impedirá contemplar tanta belleza».

Ya iba por la mitad del estanque cuando, de pronto, bajó la cabeza y observó su figura reflejada en las aguas cristalinas.

—¡Es increíble! ¡Debo de estar viendo visiones!

Lo que el patito veía en el agua era el cuerpo de un cisne esbelto y elegante.

—¡Ya no soy un patito feo! ¡Soy un cisne! ¡Soy yo!

Dejó de mirarse y volvió a nadar. Mientras movía las patas, iba diciendo:

—¿No será que el cansancio, el frío y el hambre me hacen ver lo que no hay?

Pero, entonces, oyó a unos niños que gritaban:

—¡Eh, mirad, mirad! ¡Hay otro cisne y es el más bonito de todos!

Poco después, los demás cisnes se acercaron a él para saludarlo.

Entonces, el patito feo levantó la cabeza y se sintió inmensamente feliz. ¡Al fin había encontrado a los suyos!

Garbancito

Cuento popular español

Érase una vez un matrimonio que no tenía hijos y todos los días pedía a Dios que les diese uno, aunque fuese

tan pequeño como un garbanzo. Y
tanto y tanto rogaron que, finalmente,
lo tuvieron. Como el niño resultó ser en
verdad tan pequeño como un
garbanzo, lo llamaron Garbancito.

Una hora después de nacer, el niño
sorprendió a su madre diciéndole:

—Tengo hambre, quiero pan.

Garbancito se comió medio pan en un santiamén y pidió varios trozos más. Cuando estuvo lleno, dijo:

—Madre, saque la burra de la cuadra y prepáreme la cesta con la comida de mi padre. Voy a llevársela al campo.

—Hijo mío, ¿cómo vas a hacer eso con lo pequeño que eres?

—Usted haga lo que le digo, porque yo sé muy bien lo que tengo que hacer.

La madre puso las alforjas a la burra y dentro metió la cesta. Después, subió a Garbancito al lomo del animal.
El niño corrió por el pescuezo hasta meterse en una oreja del animal.

—¡Arre, burra! ¡Arre, burra! —gritaba Garbancito.

Y la borriquilla le obedecía. Cuando
llegaron a la mitad del camino, se
encontraron con unos gitanos que, al
verla, exclamaron:

—¡Mirad, esa burra va sola! ¡Vamos
a cogerla!

—¡Dejad a la burra en paz,
que tiene dueño!

Al oír aquella voz, que no era sino la de Garbancito, los gitanos echaron a correr, creyendo que la burra estaba embrujada. Cuando Pulgarcito llegó a la tierra donde trabajaba su padre, le dijo:

—Padre, bájeme al suelo que vengo en la oreja de la burra.

Como el pobre hombre se había quedado alelado, le tuvo que hablar de nuevo:

286

—Padre, soy Garbancito, su hijo, y le traigo la comida.

El padre hizo lo que el hijo ordenaba y una vez que estaba en el suelo, Garbancito le dijo:

—Mientras usted come tranquilo, yo araré la tierra con los bueyes.

—No, hijo, eres muy pequeño para trabajar.

—Ya verá, padre, qué bien lo hago. Póngame encima de uno de ellos y se lo demostraré.

Al poco rato, se oía la voz de Garbancito que animaba a los bueyes:

—¡Arre, Lucero! ¡Vamos, Moreno!

Garbancito acabó de arar en poco tiempo.

Luego llevó los bueyes a la cuadra y se
puso a dormir en el pesebre de Lucero
que, sin darse
cuenta, se lo comió.
Como
Garbancito
tardaba en
llegar, su padre fue a
buscarlo a la cuadra
y lo llamó:

—Garbancito, ¿dónde estás, que no te veo?

Y Garbancito contestó:

—Estoy en el vientre de Lucero.

Para sacarlo de allí, sus padres tuvieron que matar al buey, pero por mucho que miraron en el vientre del animal, no vieron a Garbancito por ninguna parte.

Esa noche, el lobo entró en el corral y se comió las tripas del buey y a Garbancito, que estaba dentro.

Cuando a la mañana siguiente el lobo se aproximaba a unas ovejas, Garbancito gritó con todas sus fuerzas a los pastores:

289

—¡Cuidado, que el lobo se acerca!

Inmediatamente, los pastores corrieron detrás del lobo y le dieron su merecido. Mientras le abrían la barriga, Garbancito les decía:

—¡Cuidado con la navaja, que me vais a cortar!

Por más que miraron en el vientre del lobo, los pastores no vieron por ninguna parte al chiquillo. Con las tripas del lobo hicieron un tambor y dentro de él quedó Garbancito.

En esto aparecieron unos ladrones y los pastores salieron corriendo, dejándose el tambor.

Aquellos bandidos colocaron su botín debajo de un árbol y empezaron a repartirlo. El jefe de la banda decía:

—Este sombrero es para Juan; la jarra para Andrés y la flauta para mí.

Entonces oyeron una voz que decía:

—¿Y qué me vais a dar a mí?

—¿Quién ha dicho eso? —gritó el jefe a sus hombres.

Nadie contestó: todos movían la cabeza queriendo decir que no.

Viéndolos tan asustados, Garbancito se puso a tocar el tambor. Al ver que sonaba sin que nadie lo tocase, los ladrones huyeron y dejaron sus tesoros bajo el árbol.

Entonces Garbancito arañó el tambor, hizo un agujero y salió de allí. Después, cogió el saco de los ladrones y se fue a su casa.

Los padres se llevaron una gran alegría. ¡Por fin había vuelto el niño y, además, los había hecho ricos!

Al año siguiente, los ladrones regresaron al pueblo. El jefe de la banda tenía tanta sed que fue a pedir agua a una casa que era, precisamente, la de Garbancito. La madre se la sirvió en una de las copas robadas y al verla, el ladrón exclamó:

—¡Señora, esta copa es mía! ¿Se puede saber de dónde la ha sacado?

La madre no contestó, pero dio al ladrón con la puerta en las narices. Al poco rato, el jefe de la banda se reunió con sus hombres, les contó lo que le había sucedido y les dijo:

—Esta noche iremos a recuperar lo que es nuestro.

Pero Garbancito, que también estaba avisado, le comentó a su madre:

—Quiero que enciendas la chimenea y pongas al fuego un gran caldero con aceite hirviendo.

Garbancito se sentó junto al fuego
a esperar a los ladrones. A
medianoche, sintió ruidos en el tejado y
oyó que el jefe de la banda decía a sus
hombres:

—Voy a bajar por la chimenea.
Atadme una cuerda a la cintura y, me
dejáis caer suavemente. Cuando grite,
me subís.

Los ladrones así lo hicieron y al poco
rato, oyeron unos gritos terribles:

—¡Subidme deprisa, subidme que
me abraso!

Cuando oyeron estos gritos,
los ladrones se asustaron
muchísimo. Se bajaron del tejado
y dejaron que el jefe se abrasara

en el caldero. Desde entonces,
Garbancito vivió con sus padres feliz
y contento.

El flautista de Hamelin

Robert Browning

Hamelin era una bella ciudad
amurallada, regada por un río
tranquilo y transparente. Cuando
sus felices habitantes
descansaban, les gustaba
pasear por las callejuelas
cercanas a la catedral, por
la plaza del palacio
municipal o por la orilla
del río.
La gente vivía feliz y
contenta, hasta que un mal día

la ciudad
se vio invadida por
una plaga de ratas.
Las ratas de los
sótanos, los graneros
y las alcantarillas se paseaban
tranquilamente por todos los rincones
de la ciudad.
Los perros y los gatos estaban
asustados. Los niños no podían salir a
la calle sin que les mordieran estos
asquerosos animales. La comida

desaparecía de las cocinas y las despensas. Era tal el ruido que hacían las ratas con sus dientes, que los habitantes de Hamelin no podían ni dormir. ¡La situación era desesperada!

Un buen día apareció en el palacio municipal un personaje tan extraño como fascinante. Era un hombre alto, delgado y vestía con una larga túnica de vivos colores. Pero lo que más llamaba la atención eran sus intensos ojos azules. El hombre misterioso se presentó en el

Consejo Municipal, que se reunía aquel día, y dirigiéndose al alcalde dijo:

—Excelencia, poseo el poder de arrastrar detrás de mí a todos los seres de este mundo. Si usted lo desea, yo haré desaparecer las ratas de esta ciudad. Mi nombres es... Bueno, ¡da lo mismo! Todo el mundo me conoce como el Flautista Mágico.

El alcalde y sus concejales vieron que una flauta de madera colgaba de una cinta roja y amarilla. Nadie se atrevía a mirarlo ni a decir una sola palabra, así que el flautista siguió hablando:

—Excelencia, mis hazañas son conocidas en el mundo entero. He liberado a un país de una plaga de

mosquitos; en una región de la India, hice desaparecer una plaga de vampiros que tenía aterrorizadas a sus gentes. Otro tanto hice en Bagdad con una plaga de langostas... Pero como en esta vida todo tiene un precio, yo os pido mil florines de oro a cambio de hacer desaparecer las ratas de la ciudad de Hamelin.

El alcalde, entusiasmado con aquella oferta, exclamó:

—¡No solo le daremos mil! ¡Juro que le

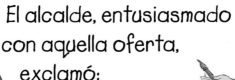

entregaremos diez mil florines! ¡Mejor aún, le daremos cien mil florines de oro si nos quita de encima las ratas!

—¡Claro que sí! ¡Cien mil florines de oro! —gritaron a la vez todos los concejales.

El Flautista Mágico fijó su ojos en el alcalde y dijo:

—¡Está bien! Cuando acabe mi trabajo, vendré a por mil florines de oro, eso bastará.

Sin añadir una sola palabra, el flautista salió de la sala y se fue al centro de la plaza. Se llevó la flauta a los labios y empezó a tocar.

—¡Qué música tan extraña! —comentaron todos.

De repente, un ratoncillo corrió a los pies del flautista y se quedó mirándolo embelesado. Al poco tiempo, los bigotes de una rata asomaron detrás de una esquina. Luego aparecieron otra y otra, hasta que vinieron tantas ratas y ratones que no se veía el suelo de la plaza.

La gente de Hamelin no podía creer lo que veía. De todas las calles y rincones por los que pasaba el Flautista Mágico, salían ratas de todos los tipos: gordas, flacas, negras, blancas, calvas y peludas. Todas las ratas de la ciudad estaban allí y marchaban al son de la flauta.

El flautista no dejaba de tocar.
Cuando las reunió a todas, comenzó a
caminar hacia el río. Una tras otra
fueron cayendo y ahogándose en sus
aguas.

—¡Increíble! ¡Impresionante!
—exclamaban todos los habitantes de
la ciudad.

Para celebrar aquel acontecimiento,
las gentes organizaron fiestas y bailes
en las calles, plazas y callejas. Nunca
nadie había visto tanta alegría.

De improviso, apareció el Flautista
Mágico en la plaza del ayuntamiento. Allí
estaban el alcalde y los concejales,
brindando por lo bien que les había
salido todo. El flautista se encaminó

hacia el grupo y, fijando la mirada en el
alcalde, le dijo:

305

—¡Yo he cumplido mi trato y ahora le toca a usted! Como puede suponer, vengo a por los mil florines.

El alcalde se quedó blanco del susto y los concejales bajaron la cabeza. Por lo visto nadie tenía la intención de pagar tal cantidad a ese extraño personaje. Además, el alcalde pensó en lo cara que le iba a salir aquella fiesta. Así que, con mucha calma, le dijo al flautista:

—Te estamos muy agradecidos, pero mil florines son muchos florines. Me temo que tendrán que ser cincuenta...

—Le recuerdo —respondió el flautista— que usted y sus concejales llegaron a prometerme hasta cien mil florines.

El alcalde se puso rojo de vergüenza
y exclamó:

—¡Bueno, hombre! Aquello era una
broma, ¡estábamos desesperados!

El flautista lo miró fijamente a los ojos y le dijo:

—¡Un trato es un trato! Hasta ahora, nadie me ha engañado. Ustedes me están obligando a tocar la flauta con unas intenciones distintas a las que desearía. les aseguro que se arrepentirán.

Sin decir una palabra más, el flautista
desapareció de allí y se fue al centro
de la plaza. Se llevó la flauta a los
labios y empezó a tocar una música
dulce y alegre que sacaba
a los niños y las niñas
de sus casas.

En poco tiempo,
la plaza del
ayuntamiento

309

se llenó de chavales de todas las edades que saltaban y bailaban al son de la flauta.

Los padres, las madres, el alcalde y los concejales se quedaron aterrorizados. Tenían miedo de que el flautista llevase los niños al río, como hizo con las ratas. Pero no fue así. El

flautista torció hacia la derecha y, dando saltos de alegría, se dirigió hacia una colina cercana.

Cuando llegaron al pie de la montaña, se abrieron unas inmensas puertas que se volvieron a cerrar al entrar el último niño de aquel impresionante desfile. Pero todos no entraron. Hubo un niño cojito que se quedó atrás, porque no podía seguir el paso de los otros. Cuando el cojito llegó a la cumbre, vio que el boquete se cerraba sepultando a sus compañeros. Largo rato lloró sentado sobre una roca, pero de pronto vio que algo brillaba ante él: era la siniestra flauta. El cojito la llevó a sus labios y, como tenía buena

312

memoria para la música, tocó la melodía del flautista.

Apenas sonaron las primeras notas, la tierra se movió bajo sus pies; y, ¡oh maravilla!, la colina se abrió lentamente y uno a uno aparecieron todos sus amiguitos.

El cojito, como un héroe, fue llevado al ayuntamiento, donde el alcalde, avergonzado por su mala acción, le entregó como premio una bolsa de mil florines. El flautista desapareció y nunca pudieron encontrarle.

La pastora que se convirtió en zarina

Cuento popular búlgaro

Cuentan los que lo vieron que, hace muchos, muchos años, existió un zar en Rusia que mandó pregonar este bando por todo el reino:

—El zar hace saber que a quien logre romper con sus manos una piedra y de ella salga sangre, le nombrará primer ministro.

De todos los pueblos llegaron muchachos valientes y fuertes. Pero

ninguno pudo
romper la piedra
y nadie sabía
cómo se podía hacer que
de ella saliese sangre.

En un pueblecito alejado vivía una
pastorcilla que se dedicaba a cuidar
su rebaño de ovejas. Cuando se enteró
de lo que había dicho el zar, se vistió de

hombre y fue ante su presencia. Con mucha calma, le dijo al zar:

—Señor, yo puedo matar a la piedra y hacer que sangre.

Inmediatamente, la noticia se extendió por todo el reino y muchísima gente fue a ver, en el día señalado, de qué era capaz aquel muchacho. También acudieron a ver el espectáculo el zar y sus ministros.

En medio de una explanada, la pastora, disfrazada de muchacho. sacó un cuchillo, y le dijo al zar:

—Señor, si queréis que mate a la piedra, debéis darme primero un alma; si después de eso no soy capaz de matarla, podréis cortarme la cabeza.

El zar se sorprendió de lo que oía y le contestó con estas palabras:

—Muchacho, sin lugar a dudas eres el más inteligente de todos mis súbditos y voy a nombrarte primer ministro. Sólo tú te has dado cuenta de lo absurda e imposible que era mi orden. Pero, si además haces lo que voy a proponerte, te aseguro que serás para mí como un hijo.

317

—Señor, ¿qué deseáis? —preguntó el muchacho, o sea, la pastora.

—Dentro de tres días volverás a este lugar; cabalgarás y no cabalgarás; me entregarás un regalo y no me lo entregarás; todos los que estamos ahora aquí saldremos a recibirte, pero te recibiremos y no te recibiremos.

Muy contenta, la pastora volvió a su pueblo. Inmediatamente, pidió a un amigo cazador que le cogiera vivas cuatro liebres y dos palomas.

El día que la pastora debía presentarse ante el zar, metió cada liebre en un saco distinto y pidió a cuatro amigos que le llevaran los sacos hasta la ciudad. Después, les dijo:

—Estad muy atentos; en cuanto alce la mano, vosotros deberéis abrir los sacos para que salgan los animales.

Todos juntos fueron al encuentro del zar. La pastorcilla, montada en una cabra, llevaba las dos palomas escondidas en su pecho.

Al enterarse el zar de que se acercaba la pastora, salió a recibirla con todos sus ministros y una multitud de gente.

Cuando la joven estaba a unos pasos del zar, alzó la mano para que sus amigos dejasen en libertad las liebres.

En cuanto la gente vio las liebres, todos corrieron detrás de ellas con la intención de atraparlas.

La pastora, que cabalgaba encima de la cabra, pisaba alternativamente el

suelo con uno de sus pies.
Cuando estuvo frente
al zar, sacó las dos
palomas del pecho y
se las entregó.
Justo en el momento

321

en que el zar abría las manos
para recibirlas, la muchacha las
dejó libres para que volaran.

Al ver la cara de sorpresa del zar, la pastora le dijo:

—Señor, habréis podido comprobar cómo la gente me ha recibido y no me
ha recibido; yo he cabalgado y no he
cabalgado hasta llegar ante
vuestra presencia. Y, por último, os
he traído un regalo pero no os lo he
traído.

Entonces, el zar respondió:

—Desde este mismo momento, serás tratado como uno de mis hijos.

La pastora se rió y, acercándose al zar, le dijo al oído:

—Eso va a ser imposible, señor, porque soy una mujer.

El zar, que era viudo, se casó con ella y, de esta manera, la pastora se convirtió en zarina gracias a su inteligencia.

La reina de las abejas

Hermanos Grimm

Érase una vez un rey que tenía tres hijos. Los dos mayores, que eran muy aventureros, se marcharon de palacio con la intención de

conocer el mundo. Tanto les gustó esa vida, que decidieron no volver jamás a su reino.

Como los hermanos mayores no regresaban, el más pequeño, a quien todos llamaban Bobalicón, decidió ir a buscarlos.

Cuando por fin los encontró, sus hermanos le dijeron:

—Vente con nosotros. Te aseguramos que te vas a divertir mucho más que en el palacio.

Y Bobalicón aceptó.

Iban los tres anda que te andarás y se encontraron con un hormiguero. Los dos hermanos mayores quisieron pisotearlo para ver cómo huían las hormigas. Pero Bobalicón se lo impidió:

—Pobrecitas, no las matéis, ellas también tienen derecho a vivir. Un poco más allá se encontraron con unos patos que nadaban en un lago. Los dos mayores quisieron coger un par de ellos para asarlos y comérselos. Pero Bobalicón no se lo permitió y les dijo:

—Pobres patos, no los matéis, ellos también tienen derecho a vivir.

Y andando andando, llegaron a un bosque. Como estaban muy cansados, los tres hermanos se sentaron

debajo de un árbol en
el que había una colmena
de abejas.

El príncipe mayor dijo a sus
hermanos:

—Mirad cómo corre la miel
por el tronco del árbol. Si le
prendemos fuego, las abejas

se asfixiarán y podremos llevarnos la miel.

Pero Bobalicón no se lo permitió y les dijo:

—Pobres abejas, no las matéis, ellas también tienen derecho a vivir.

Siguieron caminando y llegaron a un castillo misterioso: las cuadras estaban llenas de caballos, pero no encontraron a una sola persona por ninguna parte.

Recorrieron todas las habitaciones y los salones y, al final de un pasillo, tropezaron con una puerta cerrada con tres cerrojos. En el centro había un ventanuco abierto por el que se veía lo que sucedía dentro.

Los tres príncipes miraron y vieron a un hombrecillo gris sentado a una mesa repleta de deliciosos alimentos. Le llamaron una y otra vez, pero el hombrecillo parecía no oír. Finalmente, se levantó, les abrió la puerta y les llevó hasta la mesa para que comieran con él. Cuando se hartaron de comer y beber, el hombrecillo llevó a cada hermano a una habitación para que descansaran.

Al día siguiente, el hombrecillo gris llamó al hermano mayor y le enseñó una tablilla de piedra donde estaban escritas las tres pruebas que era necesario superar para desencantar el castillo. Le leyó la primera prueba:

—Entre la hierba del bosque están esparcidas las mil perlas de las princesas. Es necesario recogerlas todas antes de que el sol se oculte. Si falta alguna, el muchacho que las busca se convertirá en estatua de piedra.

Entusiasmado, el hermano mayor fue al bosque. Aunque no descansó ni un segundo, solo encontró cien perlas. Así que, cuando el sol se ocultó, quedó convertido en estatua.

Al día siguiente, el
segundo hermano
realizó la misma
prueba y
corrió la
misma suerte.

Finalmente, le llegó el turno a
Bobalicón. Buscó y rebuscó entre la
hierba del bosque y, como apenas
encontraba perlas, se puso a llorar.
Entonces, apareció la reina de las
hormigas y le dijo:
—No llores más. Por haber sido tan
bueno con nosotras, mis cinco mil
hormigas recogerán todas las perlas.

Cuando el hombrecillo gris recibió el montón de perlas, le leyó a bobalicón la segunda prueba:

—En el fondo del lago está la llave de la habitación de las princesas. Tráemela.

Bobalicón fue al lago y, como no sabía nadar, se puso a llorar en la orilla. Los patos, a quienes había salvado, le dijeron:

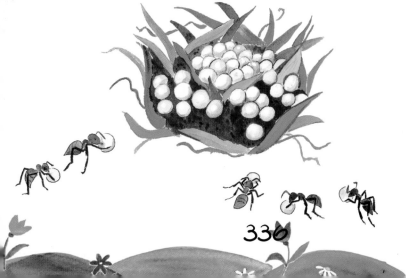

—Nosotros, que te debemos la vida, buscaremos la llave en el fondo del lago.

Inmediatamente, los patos volvieron con la llave en el pico. Bobalicón se la llevó al hombrecillo gris y este le leyó la tercera prueba:

—El rey tiene tres hijas que están dormidas. Averigua cuál es la más joven y la

más guapa. Lo sabrás por la golosina que tomaron antes de que las venciese el sueño. La mayor comió un terrón de azúcar; la mediana, un caramelo y la más joven tomó miel.

Aunque aquella era la prueba más difícil, en su auxilio vino la reina de las abejas.

Probó los labios de las tres princesas y le indicó quién era la que había comido la miel.

En cuanto el príncipe señaló a la princesa más joven y más guapa, el castillo se desencantó.

Y así fue como el joven príncipe se casó con la princesa más bonita. Sus hermanos, que recobraron la forma

humana, se casaron con las otras dos. Y todos fueron felices y comieron perdices.

El gato con botas

Charles Perrault

Al morir un pobre molinero, dejó por toda herencia a sus hijos un molino, un asno y un gato. Al mayor le tocó el molino, al segundo, el asno y al más joven, el gato. Este último se lamentaba de su mala suerte y decía:

—Mis hermanos podrán trabajar juntos y ganarse la vida con el molino y el burro. Sin embargo yo... ¿qué puedo hacer con un gato?

El gato, que estaba a su lado, le contestó:

—No os preocupéis, mi amo. Si me dais un saco y unas botas, os demostraré la buena suerte que habéis tenido de recibirme como herencia.

Como nada tenía que perder, el joven dio al gato lo que pedía. Este se calzó las botas y, con el saco al hombro, entró en el molino para llenarlo de cáscaras de trigo. Cuando llegó al bosque, abrió el saco y se tumbó, como si estuviera muerto, esperando que algún animal confiado se acercara a comer. Pocos minutos después, un conejo entró en el saco... y de allí no volvió a salir.

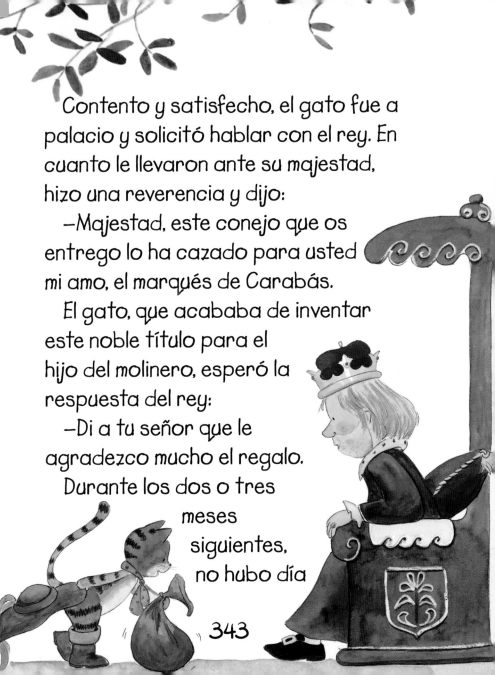

Contento y satisfecho, el gato fue a palacio y solicitó hablar con el rey. En cuanto le llevaron ante su majestad, hizo una reverencia y dijo:

—Majestad, este conejo que os entrego lo ha cazado para usted mi amo, el marqués de Carabás.

El gato, que acababa de inventar este noble título para el hijo del molinero, esperó la respuesta del rey:

—Di a tu señor que le agradezco mucho el regalo.

Durante los dos o tres meses siguientes, no hubo día

343

que el gato no llevase al rey una perdiz o un conejo de parte de su amo, el marqués de Carabás.

Tanto iba el gato a palacio que, una mañana, se enteró de que el rey y su hija saldrían aquella tarde a pasear por la orilla del río. Así que, sin pérdida de tiempo, el gato le dijo a su amo:

—Si escucháis y seguís mis consejos, pronto seréis un hombre rico. Solo tenéis que bañaros en la

parte del río que yo os diga y dejar
que os esconda la ropa debajo de una
piedra.

El hijo pequeño del molinero siguió las
indicaciones del gato: se metió en el
agua y se puso a nadar. Al poco rato,
pasó por allí la carroza del rey y el
gato empezó a gritar con toda sus
fuerzas:

—¡Socorro, socorro, se ahoga
mi amo, el marqués de Carabás!

Al oír aquellos gritos, el rey se asomó y, reconociendo al gato que tantos regalos le había hecho, ordenó a sus guardias que auxiliaran al marqués de Carabás. Mientras sacaban al joven, el gato se acercó a la carroza:

—Majestad, hoy es un día terrible para mi amo. Hace apenas unos minutos, un ladrón le ha robado la ropa.

Al oír esta nueva desgracia, el rey ordenó a un criado que fuese a palacio y trajese uno de sus mejores trajes para el marqués de Carabás.

Vestido lujosamente, el hijo del molinero parecía un verdadero marqués. Pero no todo lo hace el vestido.

El joven era
tan guapo,
educado y cariñoso
que la hija del rey se
enamoró de él.

Tras los ruegos del rey y su hija,
el marqués de Carabás aceptó dar
un paseo en la carroza real. El gato,
sin embargo, se marchó corriendo,
dispuesto a preparar el camino para
su amo. Al pasar por un prado, el gato
se acercó a los campesinos y les gritó:

—¡Eh, buenas gentes! ¡Si no decís al rey
que este prado pertenece al marqués
de Carabás, acabaréis hechos picadillo!

Cuando el rey pasó por allí, ordenó
parar la carroza y preguntó a los
segadores:

—¿Podrían decirme de quién es
este hermoso prado?

Los campesinos, todos a una,
contestaron:
—¡Estas tierras
son propiedad del
marqués de
Carabás!

El rey, mirando con simpatía al marqués, exclamó:

—¡Qué prados tan hermosos tenéis!

El gato, que siempre iba por delante de la carroza, se detuvo delante de unos campesinos que segaban el trigo y les dijo:

—¡Escuchad, buenas gentes! ¡Si no decís al rey que estos campos pertenecen al marqués de Carabás, acabaréis hechos picadillo para un pastel!

Cuando poco después el rey preguntó a quién pertenecían aquellos trigales, los campesinos respondieron:

—Majestad, son de nuestro señor el marqués de Carabás.

A lo largo del camino, el gato fue
amenazando a cuantos campesinos
encontraba. Por este motivo, el rey
llegó a la conclusión de que el joven
marqués era enormemente rico.

El gato llegó entonces al castillo del
ogro, que era en realidad el dueño y
señor de todas las tierras que el rey
creía que eran del marqués de
Carabás.

El gato, que conocía los especiales y
fantásticos poderes del ogro, llamó a
la puerta del castillo y solicitó hablar
con él. El ogro lo recibió en el gran
patio de la entrada y, tras
presentarle sus respetos,
el gato le dijo:

—Me han asegurado que tenéis el poder de transformaros en cualquier animal, incluso en algunos tan grandes como el león o el elefante. Todo me parece tan exagerado, que no sé si creerlo.

—Así es —contestó el ogro—. Y para que lo veas con tus propios ojos, me convertiré en un león.

El gato se asustó tanto al ver al león, que trepó hasta el tejado. Cuando el ogro recuperó su aspecto habitual, el gato bajó y exclamó:

—¡Qué miedo he pasado!

—y continuó hablando—. También me han dicho que sois

capaz de transformaros en animales tan pequeños como una rata o un ratón. A mí, la verdad, me parece absolutamente imposible.

—¿Imposible? —gritó el ogro—. ¡Pues ahora verás!

Y entonces se transformó en un ratoncillo. En cuanto el gato lo vio corretear por el suelo, no dudó ni un instante: se abalanzó sobre él y lo devoró.

Al poco rato, el gato oyó que se acercaba la carroza real. A toda prisa, salió a su encuentro y dijo al rey:

—Majestad, sed bienvenido al castillo del marqués de Carabás.

—¿También este castillo es vuestro? —preguntó el rey sorprendido—. Nunca había visto nada igual.

—Con mucho gusto os lo enseñaré —dijo el supuesto marqués.

El rey, el marqués y su hija entraron a un gran salón. Allí estaba servida la comida que el ogro había preparado para unos amigos.

El rey estaba feliz y contento. Admiraba las cualidades del marqués y su enorme riqueza. Por otra parte, como se había dado cuenta de que su hija estaba locamente enamorada del

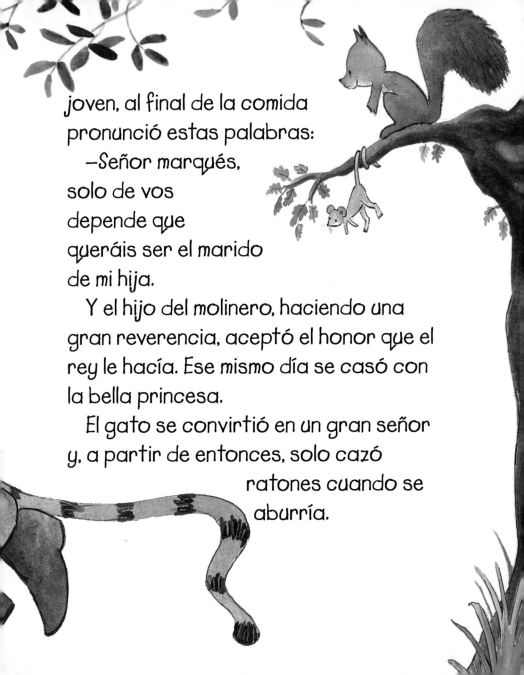

joven, al final de la comida
pronunció estas palabras:

—Señor marqués,
solo de vos
depende que
queráis ser el marido
de mi hija.

Y el hijo del molinero, haciendo una
gran reverencia, aceptó el honor que el
rey le hacía. Ese mismo día se casó con
la bella princesa.

El gato se convirtió en un gran señor
y, a partir de entonces, solo cazó
ratones cuando se
aburría.

Índice

Cuentos